「女の子の友達の家に泊まるって連絡済みだから」
The gal is sitting
me,
and loves me.
うしろの席のぎゃるに好かれてしまった。
もう俺はダメかもしれない。

『あたしの連絡先！
とくべつに教えてあげる！』
メモにはそんな文章と共に、
メッセージアプリのIDや電話番号が書かれていた。
「返事はー？」
Shino Yuizaki
結崎志乃《ゆいざき・しの》
三代のうしろの席に座る同級生女子。男子が苦手だけど、とあることから、三代と付き合い始めて……

大胆な下着!?
バイト先の制服!
結崎《ゆいざき》美希《みき》
Miki Yuizaki
志乃の妹。まだまだ幼いけど、仲良くなったら悪戯っ子で、マセた言動で三代を困らせる!?
おにいちゃん、想像してみなよ。この可愛い姿のおねえちゃんを……

The gal is sitting behind me, and loves me.

The gal is sitting behind me, and loves me.

藤原三代《ふじわら・さんだい》
Sandai Fujiwara
成績超優秀ながら、青春を灰色で過ごすぼっち高校生。志乃と付き合ってから、次第に周りに注目されはじめ……

藤原と話をしてると、なんかあたし楽しくなってくる。不思議。

The gal is sitting behind me, and loves me.
!?
Miki Yuizaki
結崎《ゆいざき》美希《みき》
志乃の妹。まだまだ幼いけど、仲良くなったら悪戯っ子で、マセた言動で三代を困らせる!?
バイト先の制服！
象してみなよ。この可愛い姿のおねえちゃんを……

The gal is sitting behind me, and loves me.

Sandai Fujiwara
藤原《ふじわら》三代《さんだい》
成績超優秀ながら、青春を灰色で過ごすぼっち高校生。志乃と付き合ってから、次第に周りに注目されはじめ……

藤原と話をしてると、なんかあたし楽しくなってくる。

不思議。

おにいちゃん、想

CONTENTS

目次

THE GAL IS SITTING BEHIND ME,
AND LOVES ME.

プロローグ

「……ちょっとこっち見ないで」

「そう言われてもな。見事に側溝のドブに足を突っ込んでいる姿は、どうしても目を引く」

「す、好きで突っ込んだんじゃないから！　あーもう最悪！　これからバイトなのにドブの臭いさせながら行くとかありえない……制服とか腕にも汚れ飛び散ってるし……」

「バイト？　何時から？」

「……五時からだけど」

「まだ一時間半くらいあるな。一回家に帰れば？」

「は？　家まで電車で片道一時間かかるんだけど？　絶対間にあわない！」

「なるほど。確かにそれじゃ無理だ。そうだな……じゃあ俺の家にくるか？　すぐそこのマンションなんだよ。シャワーくらいなら貸してもいい」

「え……？」

「どうするんだ?」

「……借りる。ありがと」

藤原三代《ふじわらさんだい》が結崎志乃《ゆいざきしの》と言葉を交わしたのは、これが初めてだった。

ドブの汚水が溜《た》まっている側溝に足を踏み外して突っ込んでいた志乃を見かけた、二学期に入ったばかりの九月上旬の学校帰りのことだ。

三代が通う高校には――稀《まれ》に見る美少女と言われているギャルがいるが、たった今三代が話しかけてしまった結崎志乃がそれである。

志乃は三代の真後ろの席で、二人の物理的な距離はとても近かった。しかし、学校生活を送る中で三代が志乃と会話を交わしたことは一度もなかった。

どちらかというと平凡で、趣味もオタク的な物が多くクラスでもぼっちのカースト最底辺の三代からすれば志乃は宇宙人も同然の存在であり、何を考えているのかも分からないので前から後ろにプリントを回す時ですら話しかけなかった。

これらは別に意識したワケではなくて、ただ、無意識に住む世界が違うからと棲《す》み分けをした結果だ。

しかし、だからこそ、ふいに声を掛けてしまった自分自身に三代は驚いた。そして、こちらの提案を志乃が素直に受け取ったのも信じられなかった。

だが、世の中には『偶然』という言葉がある。だから、今起きていることはきっとそれだ、と三代は思った。

9月5日～9月12日 運命は思ったよりも普通だね。

1

汚れた制服のままだとアルバイトに行き辛《づら》いだろうと思い、三代《さんだい》は志乃《しの》に自分の服を貸した。しかし、身長差や男女の骨格の違いもあり、当然ながら服のサイズが合わず志乃が着ると随分とだぼっとしていた。

「気持ちよかったー」

「ならよかった。ほら紙袋もやるよ」

「うん？　紙袋？」

「結構大きい紙袋だから制服も入る。バイトに向かう途中で特急クリーニング頼めば帰る時には受け取れる」

「神対応ー」

「そうか。よし、それじゃあ出ていけ」

　三代は玄関を指さした。自分がしてやれるだけのことはやったので、もうこれで全て終わり——のハズなのだが、しかし、なぜか目の前の美少女ギャルは面白くなさそうな顔をして動こうとしなかった。

「なんか冷たくない？　あー、わかった！　親に今の状況を見られたらどうしようとか思ってるんでしょ？　女の子連れ込んで何してたんだって話になるし？　姿が見えないけど、仕事か買い物に出かけるかしてて、そろそろ帰ってきそうとか？」

　からかって遊ぶつもりなのか、志乃は親がどうこうと高校生男子の痛いところを突いたつもりのようだが……それは全くもって三代には効果がない。仕事の都合で両親は海外にいるからだ。

「そのからかい方は俺には効かない。一人暮らしだからな」

　三代が肩を竦《すく》めて無傷を主張すると、志乃は途端にムッとして口を尖《とが》らせる。だが、ややあって別のイジリ方を思いついたらしく、

「……一人暮らし凄《すご》いじゃん。でも、じゃあさ、もしかしてそこら中にえっちな本とかあったりして？　親の目がないなら集め放題だし？」

　年頃の男の子らしく三代もその手の物は確かに持っていたが、なるべく多くはデータでＰＣに保管するようにしていた。

だが、現物もゼロというワケではなく隠して持っている。三代は余裕のある態度を一転させ志乃の家探しに普通に慌てた。

「馬鹿お前っ！　やめろ！」

「ちょっ、なにその焦《あせ》りようまさか……」

「漫画なら大量に出てくるがエロ本はいくら探しても出てこないぞ。出てこないんだ。そんなことよりもう出ていけ」

「そんなに嫌がらないでよ。もー」

「何が『もー』だ。牛にでもなったのか？」

「牛さんかわいいよ？　もぉ～もぉ～」

「うるさい！　いいからほら！　しっし！」

制服を放り込んだ紙袋を押しつけながら志乃を外に放り出すと、三代は目にも留まらぬ早業で玄関の扉を閉め、その場に座り込んだ。

「……人の家漁《あさ》ろうとするかよ普通。やっぱり住む世界が違う人種だな。常識も価値観も違い過ぎる。俺なら絶対に人の家を物色なんてしない。まぁいい、どうせ明日からまたお互い関わらないようになる」

三代が独りごちたのは社会の摂理や真理の類いだ。

世の中はイレギュラーな出来事が起きたとしても、それが当たり前になることはなく、必ずもとの形に戻ろうとする。

そういうものである。

だが——何事にも例外は存在した。

三代は気づいていなかった。自身がその例外になってしまっていたことに。

2

翌朝、三代はエロ本をゴミの回収に出していた。

理由は昨日の志乃の家探し未遂である。

似たような危機に再び遭遇する確率は極めて低いとは思うのだが、万が一、という可能性を三代は捨てきれず気がついたらエロ本を縛っていた。

どうせなら売ってお金に換えたいところだが、それは自分自身の高校生という身分が壁となり阻《はば》まれた。売却時には必ず身分証の提示が必要になるが、その時に間違いなく学校に連絡される。そうなると非常に面倒くさいことになる。

窓からゴミの回収所を眺めると、パッカー車がやってきて二人の作業員が本を荷台に投げ入れていくのが見えた。

現物を手放したのは確かに三代自身の意志ではあったが、紐《ひも》で緊縛したエロ本が姿を消していく姿を見ていると妙に悲しい気持ちにさせられた。

PCの中に保管しているエロ画像や本は手付かずのままであるので、別に寂しく思う必要もないのだが……。

まぁ何はともあれ、こうして三代は今日からまた何の変哲もない平凡でいつも通りのひとりぼっちな学校生活を送る――

――ハズだった。

三代自身全くもって想定外であったが、いつも通りの学校生活は送れなかった。原因は志乃だった。

一限目が始まる前に、志乃はいきなり三代に話しかけてきた。

「昨日家に行ってシャワー浴びた時に借りちゃった服返すね。それと、バイト先がカフェなんだけど、そこで作ってるお菓子もあげる！」

大きな声で堂々とそう言い放った志乃は、服とお礼のお菓子とやらを三代の机の上に置いた。

服はあげたつもりだった、というのはさておき、志乃の言動について当事者である三代以上に周囲が衝撃を持って受け止めた。

屈指の美少女である志乃の異性関係は、学年、クラス、男女問わずに気にされる話題の一つであり、そんな皆が注目する志乃を自宅に連れ込み、そのうえシャワーも貸したというあの男は誰だ、と三代は一躍時の人である。

すぐさまに立てられた噂《うわさ》はクラスに留《とど》まらず、あっという間に学校中に波及した。ぽっちの三代は弁明する機会すら与えられなかった。

どこへ行っても見られ、ひそひそ話も止めどなく聞こえてくる。

「面倒くさい方向で目立ってる……俺……どうしてこんな目に……悪い夢なら早く覚めてくれ……」

三代がようやく一息つけたのは、学校が終わって慌てて自宅マンションへ帰り玄関の鍵を閉めてからである。

押し寄せてくる疲労感に眉を顰《ひそ》めながら、三代はひとまず返された服をクローゼットに押し込んで片付ける。

すると、服の隙間から小さな桜色のメモがひらひらと落ちてきた。

『あたしの連絡先！　とくべつに教えてあげる！』

メモにはそんな文章と共に、メッセージアプリのIDや電話番号が書かれていた。

「なんだこれは。……連絡したら怖いお兄さんが出てくるアレか？　それともマルチ商法にでも巻き込むつもりか？」

こんな安易な罠《わな》には引っかからない、と三代はメモを丸めてゴミ箱に投げ捨てると、ため息混じりに机に向かった。諸々《もろもろ》のことは一旦忘れて、深夜アニメが始まるまでの暇つぶしに勉強だ。

漫画やライトノベルで時間を消費する方法もあるし、それもよくやる暇つぶしではあるが、三代の作品消化ペースはわりと早く現在積んでいる作品がゼロだった。

そういう時は勉強だし、三代はそうやって過ごしてきた。勉強は三代にとって日課や習慣にも近い気軽な暇つぶしだ。

友達がいれば街に遊びに行く選択もあるのだろうが、三代はぼっちである。一緒に遊ぶ友達はいない。

――灰色の青春。

傍《はた》から見れば三代の日々はそう映るに違いなく、実際にその通りと言える。だが、そうした辛《つら》い孤独を味わった代償に、成績という成果を手に入れてもいた。実は入学以来常に学年一位である。

「……そういえばお菓子も渡されていたな。袋に店の名前も書いてあるし、さすがにこれにトラップ仕掛けたりとかはなさそうだな」

志乃から渡されたお菓子の袋を開けて中身を確認すると、アマレッティが入っていた。

変な匂いもせず、食べたら激辛だったという感じでもなさそうなので、三代は一個つまんで口の中に放り込んだ。

程よい甘さで美味《おい》しかった。いくらギャルとは言えど、さすがに食べ物で人をからかうつもりはないようだ。

「……普通に美味《うま》いな」

勉強を進めながら手を伸ばしていると、アマレッティはそのうち全部なくなった。

（……明日は変な注目を浴びずに済めばいいんだが）

深夜になって勉強を切り上げ、待っていたアニメの視聴を終えた三代は、ベッドに潜り込みながらそんなことを思うが……現実は希望通りにならないものだ。残念なことに翌日も変わらず――いや、むしろ悪化していた。

――結崎《ゆいざき》さんが男の子の家に行ってシャワー浴びたらしいけど……。

——女が男の家でシャワーを浴びる……もうそれ合体しかなくね？　絶対に合体してるよな？　俺も結崎と合体してぇ。

——あの藤原《ふじわら》とかいう男は陰キャのぼっちらしいな。結崎はなんでまたあんなヤツを。俺の方が絶対にいい男だぞ。

——催眠術で洗脳されてるんじゃないのか……？　それか弱みか。俺も弱み握れば結崎をモノにできるのかな。

無責任な噂を立てる側は楽しいのだろうが、立てられる側のストレスは半端《はんぱ》ないものがある。三代は精神的に徐々に追い詰められ、授業の内容が右から左へすり抜け、歩いている時には平衡感覚が乱れ足取りがフラフラしてきた。

だが、人の口には戸を立てられない。耐えるしかないのだ。三代は自分の席で亀のように丸まって時間が過ぎるのを待つことにした。

すると、シャーペンの先端で背中をつんつんと突かれる。一体なんだと三代が振り返ると、そこにはニコニコと笑っている志乃がいた。

そういえば後ろの席はこのギャルだった。

（何をして……そうか、分かった。俺に絡《から》めばもっと俺が周囲から追い詰められる。それ

を見て楽しもうってんだな。傍から見るとそういうのは楽しいもんな)

文句の一つも言いたくなったが、それこそが志乃が求めている反応なのだろうから、これ以上事態を悪化させたくなかった三代は無視することにした。

「つんつんつーん」

「……」

「返事はー？」

「……」

こちらが無反応であれば、志乃もそのうちきっと飽きる。ギャルなんてそういう性格のハズなのだ。

だから、自分が今するべきは大人しく時間が過ぎるのを待つことだ。そうすれば、周囲も徐々に『何かの勘違いだったのかもしれない』と落ち着き全てが解決する、と三代は考えた。

三代のその目論見《もくろみ》はおおよそ当たった。

昼休みになる頃には志乃もつんつんをしてこなくなり、自らの友達たちとの会話に興じるようになった。

周囲からの視線はまだまだ薄れる気配がないものの、きっと今だけだ。そのうちに収まると思えば幾らか気持ちも楽になってくる。

「……まだ時間はかかるだろうが、日常はなんとか取り戻せそうだな」

三代は学食で一人昼食を摂ると、「ふぅ」と安堵《あんど》の息を吐いて教室へ戻り扉に手をかけるが——中から志乃とその友達の話し声が聞こえて、立ち止まった。

——志乃さぁ、藤原の家行ったのホントなの？

——え？　ホントだけど？　シャワー借りて服も借りたし。

——マ？　志乃ってああいうのが好みなの？　藤原ってぼっちだけど。

自分に対する悪口だと知り、三代のこめかみにピキピキと青筋が浮かび始める。

だが、

——好みがどうとかそういうんじゃなくて……ただ、優しい男の子だとは思ったかな。

——優しい？

——あたしが藤原の家に行ったのって、間違って側溝のドブに足突っ込んだからなんだよね。バイトあるしどーにかしないとって思ってたら『俺の家にくるか？』って言ってくれて。下心とか全然ないのが感覚で分かったから……だから付いてってたんだ。そしたら思った通りに変なこと何もしてこなかった。ね、藤原って優しいでしょ？

――優しいっていうよりも、単なるへたれじゃねって気もするけど……まぁでも志乃って凄《すご》い敏感ではあるのか。

――下心にすぐに気づいて、話す前から反応とか態度でわりとキツめに拒否してる時多いよね。

――もしかして……志乃って男と付きあったことが一回もなかったりする？

――そ、そーだけど……男の子苦手だから……。

――乙女が現実に存在してる。これは尊い。

（結崎は……そんなに悪いヤツではない……のかもな）

そう思ってしまったが最後、怒りが消えてしまった。

三代は無言のまま扉の前から離れると、廊下の窓から外を眺める。

どこまでも続く澄み切った青色の空が広がっていて、蟬《せみ》の鳴き声とじんわりと肌に纏《まと》わりつく残暑が身に染《し》みた。

3

午後になると、志乃がつんつん攻撃を再開してきた。

再びやる気になった理由は……よく分からないが、ともあれ志乃への敵意が薄まっていた三代は、今度は反応してあげるべきかどうか迷った。

しかし、敵意が薄まったからといって積極的に絡もうとする程の心変わりをしたワケでもないので、やはり相手にしない方針を継続した。元々の校内での立場的に、そもそもお互い関わらないのが自然な関係であって、そうした正常な状態に戻すべきだという意識も強かった。

だが、そんな三代の考えとは裏腹に、志乃は今度は意外にも飽きることなく、次の日もそのまた次の日も隙を見ては三代の背中をつんつんしてきた。

背中に跡がつきそうになってきた頃になって、そこでようやく、面と向かって言わなければ止まらなさそうだと三代は振り返る。

すると――寂しそうな顔をした志乃がそこにいた。予想していなかった表情に、思わず三代も言葉に詰まった。

「な、なんだよその顔は……」

「……待ってるんだけど？」

「待ってる？　何を？」

「ふんっ」

志乃はそう言うとぷいっと横を向いた。

「メモ入れたのに……」

志乃のその呟《つぶや》きは、あまりにも小さくて、三代にはよく聞こえなかった。

ただ、何かしらの感情の変化の意思表示の言葉であったのは確かで、志乃はこれ以降つんつん攻撃をやめて絡むこと自体してこなくなった。

そして、それに合わせるかのようにして、周囲からの三代への視線と興味も僅かずつにだが落ち着き出していった。

思っていたのとは少し違う流れではあったが、これは三代が望んでいた結末ではあるので本来は喜ぶべき……ところなのだが、三代の胸中に湧いたのは歓喜ではなく漠然としたもやもやであった。

心にへばりつくようにして離れないその気持ち悪さは、一日、二日と時間が過ぎても消えずに残り続ける。

なぜ志乃は寂しそうな顔をしていたのか？　確かに無反応は貫いたが何か酷《ひど》いことを言ったとか威嚇したとか、そういうことをしたのではないのだが……。

気がつけば三代は四六時中そんなことばかりを考え、今日もまた放課後までもんもんとし続ける。

このままではいけない、というのは分かっている。長引くと日常生活に支障が出てしまうから自分の心を上手《うま》く調整しないと駄目だ。

悩んだ末に三代が取った解決方法は、非常にシンプルなものであった。〝忘れる〟〝見なかったことにする〟だ。

「……よし」

三代は自らの両頬を叩《たた》くと、無意識を意識しながらいつも通りを心がけた。

マンションに帰って早めに入浴を済ませ、ライトノベルや漫画の新刊チェックを済ませてから勉強を始める。

時間は瞬《また》く間に過ぎた。

気がつくと午後九時を少し過ぎた頃になっていた。

三代は一度休憩を挟む為《ため》に、コーヒーを淹《い》れてテレビの電源を点《つ》ける。時間帯的にやっているのはドラマか報道番組だが、ドラマには特に興味がないので報道番組を選んだ。

『台風が急接近中です。あと二時間もすれば直撃とのことで、不要不急の外出はお控え頂くようにと気象庁が警告を出しました。なお、台風の影響を鑑《かんが》みて電車も終電を早め、20時28分発を最後に本日の運行を停止したとのことです』

窓から外の様子を確認すると、強まる雨脚と吹きすさぶ強風が見えた。勉強に夢中で気がつかなかったが、いつの間にか台風が迫っているようだ。

「外には出れなさそうだな……まぁ出る用事もないんだが」

三代がぽつりとそう呟くとドアホンが鳴った。

「……誰だ？　宅配か何かか？　いやいや、夜間指定の荷物を頼んだ覚えはない……というか、頼んでいたとしても、台風が直撃云々《うんぬん》騒いでいる中でこないだろ普通。まさか新興宗教の勧誘じゃあるまいな。『この台風は神の怒りで～』とかな」

三代はぶつぶつ呟きながらドアホンの通話と映像をONにして――固まった。そこにいたのは志乃だった。

――ご、ごめん。バイト終わって、帰ろうと思ったら台風で電車止まっちゃってて、だ、だから今日泊めて？

夜間指定の荷物でも新興宗教の勧誘でもないのは分かった。だが、これはどう反応するのが正解なのか？

困惑する三代は、しかしながら、びしょ濡《ぬ》れで「へくち」とくしゃみをする志乃を放置もできず急いでエントランスまで降りた。

「結崎……」

「やほ」

「……とりあえず、風呂《ふろ》準備するから入れ」

「え？　いいの？」

「そのままだとカゼ引くだろ」

「……ありがと。助かる」

志乃を家の中に引き入れた三代は、浴室のお湯を入れ直すと、着替え用に自分の寝巻きとバスタオルを志乃に持たせて脱衣所に放り投げた。

「わわっ……も～乱暴なんだから。もっと紳士的にならないとモテないよ？」

「別に俺はモテる為に生きているワケじゃないんだ」

三代がため息混じりにそう言うと、志乃はむっと頬を膨らませながら唇を尖《とが》らせた。

「藤原はデレがないんだから……あーいや、そうじゃなくて……やっぱり変なこと考えてなさそうだから、それであたしもなんか気になっちゃうのかな」

ごにょごにょと志乃が何かを呟いていたが、小声過ぎてよく聞こえなかったので、三代は耳に手を当てて聞き返した。

「うん？　今なんか呟いてたが、どうした？　不満でもあるのか？」

「別にー」

志乃はちろっと舌を出すと横を向いた。

何を言っていたのか気にはなるが、無理に聞き出そうとしても答えてくれなさそうな感じだ。どうせ大したことは言っていないだろう、と三代は聞き出すのを諦め、脱衣所の扉を閉めた。

脱衣所のすりガラス越しに見える志乃のシルエットは、ため息を一度吐《つ》くと服を脱ぎ始めた。その黒い影が下着に手をかけたところで三代はふと思った。

（そういえば……こういう状況は、覗《のぞ》きをしてラッキースケベに発展、的な流れが漫画とかライトノベルではよくあるな）

沢山のエロをＰＣに詰めているだけあって、三代もスケベ展開に興味がないワケではないが――さすがに現実と創作物の区別はついている。

創作の中では女の子はスケベを簡単に許してくれるが、現実はそうではない。それは当たり前のことで、というかむしろ心に傷を与えてしまう恐れの方が高く、特に志乃はその危険がありそうではあった。

志乃は友達に『男の子が苦手』と言っていた。

たまたま聞いてしまっただけではあるが、三代はそれを覚えていた。

志乃の声のトーンがウソを言っている感じではなかったので恐らく本当なのだろうし、それに三代には思い当たる節があった。

一番最初――側溝のドブに嵌《はま》っている志乃に声をかけた時、些《いささ》かつっけんどんな態度を取られた。少し雰囲気が柔らかくなったのは、実際にシャワーを貸したあとだ。

志乃のことが嫌いであったのなら、ハプニングを装《よそお》った嫌がらせ特攻もまた一興だが、三代は別に志乃がそこまで嫌いでもないのだ。無視していたのは、あくまで棲《す》み分けをするべきだと思っていたからというだけだ。

だから、三代はそのままリビングに戻り、志乃が入浴を終えるのを静かに待った。

壁掛け時計の秒針が一周して分針が動いた。

何回もそれが繰り返され、十分、二十分、三十分と時計の針は進んだ。

カラスの行水並みの速さで入浴を済ませる三代と違い、志乃は長風呂《ながぶろ》のようだ。

「まぁ女の子の風呂は長いとか聞くしな」

三代は窓越しに外を眺め、更に強まる豪雨と暴風をジッと見つめた。しばらく経《た》ってから改めて時計を確認すると、そろそろ一時間が経過しそうになっていた。

まもなくして、大き過ぎる寝巻きの裾を引きずりながら志乃がやってきた。

「はぅ～」

体が温まったからか、志乃はぽわぽわと幸せそうな顔をしていた。

こちらの事情や気持ちを色々と乱しておきながら、随分と呑気《のんき》なものだが——それは三代個人の考え方や捉え方の問題でしかなく、志乃が何か悪いことをしたかといえば何もしていないのだ。

それぐらいは三代も客観視できていたので、特に自分の心の内側をさらけ出すこともなく、ソファのクッションを尻で押しつぶす志乃に普通に話しかけた。

「……結構長いこと入ってたな、風呂」

「女の子は時間がかかるんだよー」

「俺なら十分で済むぞ」

「はっや……男の子ってそういう感じなの？」

「友達がいないから分からないが、多分他の男も俺と似たような感じだろうな。……ところで一つ聞きたいことがあるんだが」

「……聞きたいこと？　なーに？」

「確か、結崎は前に家まで電車で一時間かかるとか言ってたよな？　歩いて帰れる距離じゃないのは分かるんだが……」

「だが？」

「うちに泊まるって大丈夫なのかそれ？　俺は男で、この家には俺しかいない。そういうの許す親だったりするのか？」

「あー……バレたら怒られるかもだけど……まぁ大丈夫。女の子の友達の家に泊まるって連絡済みだから」

三代は開いた口が塞がらなくなった。そんな三代をちらりと見て、志乃がくすくすと笑った。

「心配してくれるのは嬉《うれ》しいけど……本当に大丈夫だよ？　あたし今までこういう嘘《うそ》ついたことないから、結構親から信頼されてるんだよね。だいじょーぶ」

「初めての嘘ってことか？　それ、だいじょばない気がするんだが……」

「藤原ってちょくちょく面白い返しをしてくるよね」

「適当に言ってるだけだ。それより、何もわざわざ俺のところにこないで、普通に女友達の家に泊まろうとは思わないのか？　この近くに家がある友達も探せばいるだろ？　ここらへん学校まで近いし、通学が楽だからって理由で進学決めたような連中も多いと思うが」

「確かに近くに住んでる子もいるけど、でも、いきなり『泊めて』って言うのも迷惑でしょ？」

「俺にになら迷惑かけてもいいのかよ」

「そ、そういうつもりじゃ……ただ、ぱっと思い浮かんだのがここだったから」

志乃は上目遣いになって、つんつん、と指を突き合わせる。

申し訳なさが全面に出ているその仕草に、三代はなんだか毒気を抜かれ、来訪の理由を詳しく聞く気が失《う》せてしまった。

「まぁなんだ……俺の家を選んだのはもう過ぎたことだし、ああだこうだ言っても仕方ないな」

「そうそう」

「思ったままに行動できる結崎が羨ましいよ俺は」

「褒められるとあたしも照れちゃうな」

「別に褒めてはないが……それで、制服どうするつもりだ？　雨吸ったのをそのまま乾かすと匂うだろ」

「あーそれね……クリーニング屋さん……この台風だと24時間営業のとこも多分やってないよね？」

「臨時休業だろうな」

「だよね。しょーがない。自分でやろーかな。洗濯用洗剤とバケツあったら貸して」

志乃の申し出に、三代は「へ？」と間抜けな声を出した。

（……家事とは無縁そうなギャルが洗濯？　というか、そもそも制服って自分で洗えるのか？）

色々と戸惑いを隠せないものの、洗剤もバケツも持ってはいたので、ひとまず言われるがままに貸した。

すると、志乃は寝巻きの袖と裾を捲《めく》り、手際《てぎわ》よくお風呂場で制服の手洗いを始めた。

「……洗濯機ならあるぞ？」

「これは手洗いじゃないと駄目。制服のラベル見たことある？」

「ラベル？」

「ほらここ」

志乃は洗っている最中の制服の内側を見せてくれた。そこにはバケツの中に手を突っ込んでいるような絵が描かれたラベルがあった。

「このイラストは自分でやる時は手洗いしてねって意味だから、洗濯機は駄目」

「こんなとこ確認したことなかったな……というか、ギャルなのにこういう家庭的なアレが分かるんだな?」

「ギャルが家事を知らないってそれ偏見~」

それはその通りだ。人をカテゴライズしてこうだ、と決めつけてしまうのは確かにただの偏見だ。

「……決めつけて悪かった」

こういう明らかに自分が間違っている時は、言い訳をすればするほどダメージが深くなる。潔《いさぎよ》く謝った方が傷は浅く済むものだ。

しおらしく三代が謝ると志乃がニッと笑った。

「おっと謝った? これはあたしの勝ちかな?」

「勝ち負けの話じゃないとは思うが……そうだな結崎の勝ちでいい」

「ふふっ。……まぁでも藤原のイメージも実際はそんなに間違ってはないけどね。こういうのはできない子のが多いよ。家事全般。爪を見たら結構分かるかな」

「爪……？」

「あたしの爪って普通でしょ？」

志乃の爪は確かに普通だったが、それと家事に何の関係性があるのか三代にはイマイチよく分からず首を捻《ひね》る。

「爪が派手な子って見たことない？　お花とか描いてたりキラキラしてたりみたいな」

「……言われてみるとそういうのもいるような」

「ネイルは見た目が綺麗《きれい》だけど、料理とか洗濯する時に、色とかラメとか移るかもしれないんだよね。だから家事やる子は控えがちになるかな。まぁ気にせずやる子もいるだろうし、ネイルしてないからって家事ができるとも限らないけど……傾向というか？」

志乃の説明は納得ができるものであったので、「なるほど」と三代は頷《うなず》いた。

「で……あたしの家ってお金がある家じゃなくて、妹の世話も含めて時間ある時に色々と家事を手伝うし、自分で自由に使う分くらい自分でって思ってバイトもしてるけど、そのバイト先もカフェで飲食だしで爪はイジれないしイジらない」

「……そういう話を聞くと、色々と結崎の印象が変わるな」

「そーお？」

「しっかりしてるヤツなんだなって、そういう風に見えてくる」

「ありがと！　藤原と話をしてると、なんかあたし楽しくなってくる。不思議」

志乃にそう言われた次の瞬間——三代の胸にちくりとした痛みが走った。

接しないのが自然な関係だからと一方的に距離を取ってしまっていたことが、三代はなんだか急に恥ずかしくなる。

きっと、志乃はまさに今こうして会話しているように、要するに普通に接したかっただけなのだ。

たったそれだけのことを自分は拒否していた。

それに気づいたら罪悪感が湧いた。

「……どうしたの藤原？　すっごい苦しそうな顔してるけど、お腹《なか》でも痛いの？」

「いや、そういうんじゃない。そうだ——洗濯手伝ってやるよ。俺にもやらせてくれ」

それは三代なりに贖罪《しょくざい》の意味も込めた申し出だった。

だが、志乃は顔を真っ赤に染め上げると、両手を大げさにブンブンと振って嫌だと言った。

「い、いいよ手伝わなくて。だいじょぶ！」

「そんな遠慮するなよ。手洗いって多分だが結構力を使うだろ？　男の俺が役に——」

「——いいって！」

志乃が唸《うな》るように声を張り上げた。三代はびくっと一歩後ずさる。ここまで頑《かたく》なに拒否されるのは想定外だった。

「な、なんだよそんなに嫌なのか……俺のことが……」

「そうじゃ……なくて」

「え？」

「だって……ぎ……も洗ってるから」

「……よく聞こえないんだが」

「し、下着も一緒に洗ってたから……ヤだ……」

バケツの中をよく見ると、泡の下に赤っぽい何かが見えた。制服はそんな色をしていないので――つまり下着だ。

そういえば、志乃はやってきた時にびしょ濡《ぬ》れであった。下着も濡れていたに決まっている。

少し考えれば分かることに気づけず、偶然とはいえ下着を見てしまった恥ずかしさに三代の顔は志乃に負けず劣らずに赤くなった。

「そ、そうか……下着も洗っていたのか……」

「うん……洗ってたから……」

なんとも形容し難《がた》い妙な雰囲気に耐え切れず、三代は回れ右をして急いでその場から離れるとリビングに滑り込んでソファに座り、テレビが垂れ流している台風情報の続きを見て気を紛らわせた。

『……上陸した台風は停滞気味のまま、朝方まで暴風雨は続くものと見られます。一部落雷が確認されている地域もあるようで、停電などには十二分に気をつけるようにと気象庁や管轄電力会社から注意勧告が出されています』

現在の台風の説明をしているアナウンサーの話に耳を傾けていると、段々羞恥も薄れてきた。真面目な話を聞くと高揚は意外と収まる。

だが、そうして三代が落ち着いた一方で、ややあって洗濯を終えて戻ってきた志乃はというとまだ顔を赤らめていた。

「洗濯終わったのか？」

「……うん」

「そうか」

「……事後報告になっちゃうけど、乾燥機置いてあったから使っちゃった。ごめんね」

「乾燥機？　あぁ別に使っていいぞ」

「ありがと。……ってか乾燥機が家にあるって凄《すご》いね。高いでしょあれ」

「どうなんだろうな。高いか安いかは分からない。備えつけで最初からあったヤツだ。それより乾燥させたあとの制服はどうしたんだ？」

「型崩れしないように伸ばして、それからあっちに吊《つ》るした」

志乃が指差したのは、部屋の隅にある僅かに出っ張っている縁だ。そこに上手《うま》くハンガーを引っ掛けて吊るしている。

部屋干しするスペースはあるので、そんな場所に吊るす必要はないのだが……。

「そこじゃなくても――」

三代はそこまで言ったところで、志乃が俯《うつむ》いてもぢもぢと口を尖《とが》らせているのに気づき、わざわざ隅に掛けた理由を察した。

下着もあるから、志乃はなるべく三代の視界に入らない場所をあえて選んだのだ。そう
「――いや、そうだな、むしろそこが一番いい場所かもしれないな。何気にエアコンの近くだ。いくら乾燥機を使ったとしても、まだ少し湿っている可能性がある。機械も完璧ではないことが往々にしてある。だが、そこに掛けてエアコンを除湿にすれば万が一の場合

も安心だ」

三代は機転を利かせて話を変えるとエアコンを操作する。すると、志乃がホッとした表情で胸を撫《な》でおろしていた。

特に意識したワケではないが、会話はそれきりになった。無言の空間にテレビから流れてくる音だけが響き続ける。

なんだか息が詰まりそうなこの空気に先に耐えられなくなったのは、志乃の方だった。

ぼそっと、

「暇だし、何か遊べるようなものないの？」

そう呟《つぶや》いた。三代は片眉を持ち上げて反応する。

「……急にそんなこと言われてもな」

「なんでもいいからさ。お願い」

「仕方ないな……ちょっと探してくるから待ってろ」

三代がごそごそと押し入れやクローゼットの中を物色すると、子どもの頃の古いゲーム機とソフトが出てきた。すっかり埃《ほこり》を被《かぶ》っていたそれを眺めていると、なんだか嫌な思い出が蘇《よみがえ》ってくる。

いつかできる友達と一緒にやりたいな、と漠然と思い買って貰《もら》ったものなのだが……友達ができなかった。

ずっとひとりぼっちで一緒に遊ぶ相手がいなかったから、そこまでゲームに夢中にもなれず、深夜アニメや漫画やライトノベルといった一人でも楽しめるコンテンツにどんどん嵌《はま》っていった。

まぁ悲しい自らの過去を振り返るのも時間の無駄だ。過去は所詮過去である。折り合いをつける他にないし三代はそうしてきた。

三代はひとまず、ゲーム機と二人でも遊べそうな双六《すごろく》のパーティーゲームのソフトを見繕って志乃のところへ戻った。

「テレビゲーム見つけてきたぞ」

「ないすぅー。早くやろ」

「言っておくが、これはだいぶ古いゲーム機だからな。新しいのみたいに映像が綺麗だったりヌルヌル動いたりもしない。文句を言うなよ？」

「言わないって。だからやろ」

本当に不満を言わないのか三代は若干不安だったが、それは杞憂《きゆう》だった。実際にゲームを起動して遊び始めると志乃は普通に楽しんでくれた。

時間と共に双六の盤面もどんどん進み、中盤に差しかかる。

「ちょっと藤原……今拾った泥棒できるアイテム使わないでよ？　ランダムに盗《と》るみたいだけど、あたし標的になったら嫌だし」

「じゃあ俺はいつ使えばいいんだよ、このアイテムを」

「ずっと使わなきゃいいじゃん」

「ええ……？」

「っていうかさーなんかＮＰＣ強過ぎない？」

「一応最弱設定にはしているんだが、確かに、なんかどう考えても強いな」

初心者二人でも楽しめるように〝優しい〟設定にしているのだが、なぜかＮＰＣが爆走してトップに君臨している。途中で挟まれるミニゲームでもＮＰＣが全て一位だった。

「最初からやり直そーよ」

「……そうだな。やり直すか」

このままだと面白くないのも確かなので、三代は志乃に言われたとおり最初からやり直すことにした。

すると、今度はＮＰＣが急激に弱くなった。

先ほどのは恐らくバグか何かだったようで、ゲームが再び中盤まで進むと今度は志乃が一位になった。三代も三位と普通の順位だ。

「そろそろ後半戦に入るし、これはもう逃げ切りであたしの勝ち確かな～」

「次は俺の番か……」

「そこから逆転はちょっと厳しくない？　残念でした～」

勝ち誇る志乃に煽《あお》られながらも三代が冷静にサイコロを振ると、進んだ先のマスで変な箱を拾った。『開けますか』と出たので『はい』を押すと、プレイヤー同士の順位を入れ替えられるアイテムが出てきた。

「おっとこれは……」

ちらりと志乃の様子を窺《うかが》うと、余裕の表情が一転していた。想定外のアイテムに慄《おのの》いたようだ。「あわわわ」と両手で口を押さえている。

「つ、使わない……よね？」

「あー……まぁ俺は勝ち負けはあんまり気にしないから」

「よかった……」

「ただ、折角手に入ったんだから使わないと勿体《もったい》ないよな。アイテム使うなって結崎は言うけどさ、それをそのまま受け入れると俺が楽しくない」

というわけで三代はぽちっとアイテムを使った。結果、志乃と位置が入れ替わって一位に躍り出た。

「う、うそつき〜！」

「嘘《うそ》はついていない」

「使わないって言ったじゃん！　勝ち負け気にしないんでしょ？」

「『勝ち負けを気にしない』とは確かに言ったが、『使わない』とは一言も言ってないぞ。勝手に変な解釈をするんじゃない」

半泣きになった志乃が、ぽかぽかと肩を叩《たた》いてくる。たかがゲームに本気なその姿に思わず三代が苦笑した――

――次の瞬間。

近くで落雷が起きて電気が全て落ちた。突然の出来事に三代と志乃の二人は揃《そろ》って目を丸くした。

「かみなり落ちて……真っ暗になっちゃった」

「停電だな」

「すぐ元通りになるといいけど」

「すぐは無理だと思うがな。暴風雨が凄いし、復旧作業も簡単にはいかないだろ」

「……ゲームの途中だったのに」

真っ暗で薄《う》っすらとしか見えないが、それでも、なんとなく志乃が頬を膨らませたのが三代には分かった。

志乃はもう少し遊びたかったようだが、停電はどうにもならないアクシデントだ。諦めて貰うしかない。

「だいぶ遅い時間にはなってたし、停電がなくても切り上げ時だ。普通の人はもう寝る時間だ」

「仕方ないか。あいあいさー。それで……あたしどこで寝ればいいの？」

「俺の部屋にあるベッド使っていいぞ」

女の子である志乃に自分の部屋を貸すことへの抵抗は三代にはなかった。幸いにもエロ本の現物は全て処分しており、部屋にはベッドと勉強道具、それと漫画とライトノベルしかないからだ。

ＰＣに詰めているエロについては、そもそも停電中なのでＰＣ自体が使えないし、それに仮に平時であっても常にロックをかけていた。

つまり、えっちを鑑賞中に背後に立たれでもしない限り、普段から堂々とできる態勢であるのだ。

「自分の部屋のベッド貸してくれるのは助かるけど……藤原はどこで寝るつもりなの？」

「ソファなり床なりで寝るさ」

「他の部屋にはベッドとかお布団《ふとん》とかないの？」

「親が使ってた部屋には昔あったが、滅多に帰ってこないし、帰ってきても少し顔見せてその日のうちにまた出発する。まぁ使わないってことで処分した。今はもう完全に物置になってるな。言っておくが、変に俺に気を使おうとしなくていいからな。女の子をそこらへんに適当に寝かせて自分はベッドですやすやと眠ってたら、それもう単なる鬼畜でしかないし、俺はそうなりたくないだけなんだ。俺を鬼畜にしない為《ため》だと思って大人しくベッドで寝てくれ」

三代が淡々とそう言うと、志乃がくすっと笑った。

「別に気を使おうとは思ってないけどね。あたしがそんなタイプだったら、勝手に藤原の家を避難先に選んだり、遊びたいから何か用意してって言わないってば」

「……それもそうか」

「まぁでも、ありがと。あたしの心が軽くなるような言い方してくれてさ。……それで、藤原の部屋ってどこにあるの？」

「あっちだ」

「あっちなんて言われても暗いから見えないよ。……手を繋《つな》いで連れていってよ」

指を絡《から》めるようにして志乃が三代の手を握る。

小さくて、細くて、柔らかくて、そして少しだけ冷たいギャルの手の感触に、三代の心臓が無意識に高鳴った。

「冷たい……手だな」

「……冷たい手の人がどういう人か知ってる？　昔っからあるって言われてる迷信」

どこで聞いたかは忘れたが、志乃の言う迷信は三代も聞いたことがあった。手が冷たい人は心が暖かいとか優しいとかそういうやつだ。

迷信はしょせん迷信だと三代は思う方だが、しかし、今だけは信じられるような気がした。

理由は単純。

三代は志乃に対してわりと冷たい態度を取っていた。だが、志乃はそれを気にすることもなく普通に接してくれている。

そんな優しい志乃の手が冷たいのだから、信じられる気もしてくるのだ。

「……ありがとう、結崎」

「ど、どしたの突然」

「お前は優しいよ」

「……褒めても何もでないよ？」

「別に何か欲しくて言ったワケじゃない。ただ、思ったことをそのまま言ってみた。俺は結構そっけなかったのに、それでも結崎は普通に接してくれた。だから『ありがとう』って言いたくなった。……きっと結崎は世界で一番いい女だ」

三代が吐き出すようにしてそう告げると、志乃はごくりと唾《の》を呑み込んで、それから急に黙って一言も発さなくなった。

引かれてしまっただろうか、と不安になりつつも三代に後悔はなかった。ずっとぼっちな人生だったからこそ、伝えたいことを伝えられる一瞬が貴重なことを感覚で知っていたからだ。

だから、達成感こそあれど後悔は微塵《みじん》もなかった。

ただ、志乃が今の言葉をどう受け止めたのかについては三代には分からない。手を振り解《ほど》こうとする素振りを志乃は見せなかったので、少なくとも気持ち悪いと思われていないのだけは分かったが……。

いかんせん周囲が真っ暗闇なせいで表情も見えず、判断材料が圧倒的に足りなかった。

だが、嫌だと思われていないのだけ分かれば、三代はそれ以上を知ろうとも思わなかった。

感謝の気持ちをきちんと受け止めて貰《もら》えたのなら、それ以外は知る必要もないのだ。

寝室に到着すると、志乃はやはり無言のまま、手探りでベッドの形を確認して横になりもぞもぞと丸まった。

「……おやすみ」

呟《つぶや》くように志乃にそう声をかけてから、三代はそっと部屋から出るが——その直後、部屋の中からジタバタと手足をバタつかせるような音が聞こえた。

「な、なんだ？」

おそるおそる部屋の中を覗《のぞ》き見た三代は、今さらながらポケットにスマホが入ってることに気づき、明かりを点《つ》けて中の様子を確認する。

「今なんか音が聞こえたんだが、何かあったのか？」

とりあえず志乃に声をかけてみるが、志乃はシーツにくるまったまま微動だにしなかった。

「おーい」

「……」

「返事がない……もう寝てるのか。今の音は俺の気のせいか。……まぁいいそれより」

三代はそっと部屋の扉を閉めると、スマホのライトを消しつつ時間を確認した。〇時二十分——そろそろ趣味の深夜アニメが始まる頃である。

見れるなら見たいものだが、停電したままの現在の状況では無理そうだ。

ただ、放送開始時刻までまだ少しは時間があるので、それまでの間に停電から復旧する可能性もあるにはある。

三代はひとまず待ってみることにした。

しかし、時間になっても電気は点かないままだった。

「……アニメはできればリアルタイムで視聴したい方なんだが、状況が状況だから仕方ないか。あとでネット配信で見るか」

三代はソファに寝転がると瞼《まぶた》を閉じる。意外とソファの寝心地はよく、ぐっすりと眠れた。


翌朝。

三代は自らの力では起きれなかった。

ようやく目を覚ますことができたのは、なんだかいい感じの料理の匂いが鼻腔《びこう》をくすぐると同時に、テンポよくおたまで何度も額を叩かれたからだ。

「起きろー」

「額が……額が……って、結崎？」

「ようやく起きたな～」

「起きたが……ちょっと確認したいんだが……まさかと思うが、その手に持ってるおたまでずっと俺の額を叩いてたのか？」

「起きないのが悪いと思わない？」

「叩いてたのかよ……」

「怪我《けが》しないようにやってたから安心していいよ」

「そういう問題じゃ……というか、さっきから何かいい感じの匂いもするんだが」

鼻をひくつかせながら三代がテーブルの上を見ると、白米に焼き魚とみそ汁、それに漬物という簡素ながらにしっかりした朝食が並んでいた。

「これ……」

「朝ごはん。作った」

「作った？　家にはマトモな料理を作れるような食材もないのにか？　冷蔵庫の中に何もなかったろ？」

「あー確かになかったけど……」

三代は自炊をほとんどせず、スーパーやコンビニの弁当を頼っている。念のために置いてある米と調味料を除けば食材は一つもないのだが、魚も漬物もみそ汁も一体どこから出てきたのだろうか。

怪訝《けげん》に三代が首を捻《ひね》ると志乃が苦笑した。

「ちょこっと外に出て食材を買ってきた。台風も過ぎてて、これなら朝早くからやってるスーパーなら開いてるかもって思って行ってみたら開いてた。……泊めて貰ったしこれくらいはね？」

どうやらお礼のつもりだそうだが、しかし、三代はこんなことをして貰いたくて志乃を泊めたのではないのだ。

だが、出来上がってしまった料理を今さら引っ込めろと言い辛《づら》いのも確かだ。志乃も折角作ったのにときっと嫌な気持ちになる。

仕方なく三代は最終的には頂くことにするが……その前に。

志乃は食材を買ってきたと言ったが、つまりお金を使ったワケである。三代はそれをどうにも申し訳なく感じ、財布を持って志乃に近づき――

「いてっ」

――こんこん、とおたまで額を叩《たた》かれた。

「なんでお財布出したの？」

「いや、だって食材買うのにお金かかっただろ」

「そんなにお金かかってないよ。千円もしてない」

「買いに行ったり作ったりの手間とか……」

「スーパーはすぐ近くにあったし、料理も凝ったものは一つも作ってなーい。ささっと作れるものばかりだし。素直に『ありがとう』って昨日の夜みたいに言えないの？」

三代がどうにかお金を渡そうと腐心していると、段々と志乃の表情が険しくなった。明らかに不機嫌だ。

三代も喧嘩《けんか》がしたいワケではないので、こういう態度を取られると折れるしかなかった。思うところはあるが、無駄な抵抗はやめて感謝を述べた。

「……ありがとう」

「それでいーの」

嬉《うれ》しそうに朗らかに笑った志乃を見て、三代は思わず息を呑んだ。とても可愛《かわい》かったからだ。

志乃はもともと屈指の美少女ではあるので、可愛いのは当たり前ではあるのだが、三代は今まで意識してしっかりと見たことがなかった。

一切の無駄なく整った輪郭に綺麗《きれい》な二重の目元。すっと通った鼻は高過ぎず低過ぎず、薄《う》っすらと白い肌は清涼感がある。ゆるふわおさげな髪も、ほんのりと毛先を桜色に染めていて、それが柔らかくて可愛いを強めている。

下手なアイドルや女優など霞《かす》ませてしまいそうな、本当に本物の美少女だと気づかされた。

「どしたの？　じろじろあたしのこと見てさ」

「なんでもない……」

つい見とれて、なんてさすがに言えなかった。

「変な藤原。っていうか普段どんな食生活してんの？」

「どんなって……弁当を買ってる。自炊は面倒くさいからしない」

「駄目男っぽい発言出てきた」

「好きに言え」

三代はそっぽを向いて席につくと黙々と朝食を口に運んだ。それを見た志乃が、やれやれとでも言いたげにため息を吐《つ》いていた。

カーテンの隙間から差し込む朝日に時折目を細めながら、朝食を食べ終えた二人は食器を片付けたあと、どうせ行く先は同じ学校だからと一緒に登校することにした。

「……あたし男の子と一緒に登校って初めて」

「……俺も女の子と一緒に学校に行くって初めてだな」

台風によって作られた水たまりを避《よ》けつつ進んでいくと、ふいに志乃が一歩先に進んで振り向いた。

「そーいえばこれ」

志乃はごそごそと鞄《かばん》からメモを一つ取りだし、三代の胸ポケットにぐいぐいと押し込んできた。

「な、なんだ……？」

「藤原が起きる前に慌てて書いたから、ちょっと字が読みづらいかもだけど……連絡先書いたメモ」

「連絡先？」

「うん。前に服返した時にもメモ入れたんだけど、もしかして無くしちゃったかなーって思って。だからもう一回あげるね」

言われて三代は思い出した。返して貰った服に入っていたメモを悪戯《いたずら》だと決めつけ、丸めて投げて捨てたことを。

今なら分かるが、あれは悪戯ではなかったのだ。志乃がくれたあのメモには本当に志乃の連絡先が書かれていた。

「今度はなくさないでよ？　連絡待ってるからね」

水たまりに反射した光が彩《いろど》る世界の中で、志乃は屈託なく口角を上げて笑い、それを見た三代の頬が熱を帯びた。

「あれ？　なんか顔が赤くなってない？」

「……なってない」

「いやいや赤いよ？」

「赤くない。光の反射とかの錯覚とか角度でそう見えるんじゃないのか？」

「そんなことないと思うケドねー」

そんな問答を繰り返していると、なんだか甘いような酸《す》っぱいような、三代はそうした経験のない変な感覚を抱いた。

心がふわふわする。

妙に安定しない三代の心がどうにか落ち着くことができたのは、学校に着いて校門を潜《くぐ》り抜け、周囲からざわついた視線を向けられたお陰だった。

一緒に登校したことで、噂《うわさ》や疑惑に再び勢いをつけてしまったらしく、聞こうとせずとも周囲のひそひそ話が自然と耳に入ってきた。

正直言ってかなり鬱陶しい類いの注目だが、こうした状況は一度経験済みであるので、三代が特別に動じることはなかった。

――おい、あれ。
――やっぱりあの二人……。
――らぶらぶ登校じゃーん。
――あいつ結崎の彼氏……ってことなのか？　……朝一緒ってことはそうなんだろうな
……あんなぼっちが結崎の……世の中おかしいだろ。
――催眠術だと俺は思うんだ。結崎は洗脳されている。だってそれ以外ありえなくねー
か？
――何が催眠術よ。現実に戻りなさい現実に。

（……また好き勝手言ってくれてるな）

そうため息を吐く三代の横で、志乃がこてんと小首を傾《かし》げて瞬《まばた》きを繰り返した。どうして見られているのか分からない、とでも言いたげな仕草だ。

「なんか……いつもより見られてる気がする。少し前にも似たようなことがあったけど、なんでだろーね？」

すっとぼけている……ワケではなく、どうやら、志乃は自分がどれだけ目立つ存在なのか自覚がないようだった。

いや——より正確には意図的に自覚しないようにしている、という感じだろうか。どことなくそんな雰囲気がある。

人間はストレスが掛かると、意識的か無意識的かを問わず、情報をシャットアウトして避けるようになる。三代はわりとストレス耐性が強く志乃ほど極端に情報を遮断しないが、それは一種の図太さだ。

「とりあえず……学校ではお互い離れていた方がいいかもな」

少しでも志乃の負担を軽くする為《ため》に、それが最善だろうと三代は考えた。効果のほどは定《さだ》かではないが何もしないよりはマシなハズだからだ。

しかし、志乃は三代の提案が気に入らないらしくムッとなった。

「離れていた方がいいってなんで？」

「なんでって……分からないのか？　とにかく学校では俺のことを忘れて、他の連中と仲よくすればいいだろ。いつも教室で他の女子とかと話をしてるじゃないか」

「急に冷たい……」

「学校以外でも話をしようと思えばできるようになったんだ。連絡先貰《もら》ったしな。別に無理に校内で絡《から》む必要もない。……今夜連絡するよ。約束する」

流れで三代が呟《つぶや》いたその言葉は、何気に、三代が自らの意思で志乃と関係を持つと明言した初めての言葉だ。

三代の心は、芽吹き始めた柔らかい青葉よりも小刻みに揺れている。その変化には志乃も気づいたようで目を丸くして驚いていた。

「……今の言葉しっかり聞いたし覚えたからね？　学校では近づかない代わりにちゃんと連絡してよ？　自分で言い出した約束なんだから、絶対に破ったら駄目だよ？」

「わ、分かった」

「うん！」

志乃は三代の背中を軽くぽんぽんと叩くと、登校中の生徒の中に女友達を見つけて輪に入り、普段通りに楽しそうに会話を始めた。

三代は立ち止まったまま、先ほどから火照《ほて》って仕方がない自らの頬を冷やそうと思って、手の甲を押し当てた。

だが、熱は簡単には冷めなかった。体の芯に残るような熱さだった。

9月12日~10月5日 男女の仲が進展しちゃったね。

1

志乃《しの》は三代《さんだい》との約束をきちんと守ってくれ、出会う以前にも近い距離感を保ち、校内では一切絡んでこなかった。

それでも噂は飛び交い続けたが、放課後になる頃には『今朝二人が一緒だったのは偶然で、俺たちor私たちが変な勘違いをしていただけだったんじゃ……』と冷静になる者たちも現れ始めた。

いい傾向だ。

三代は帰り支度を済ませると、志乃の横を無表情で通り過ぎ、欠伸《あくび》をしながら教室から出た。

すると、白衣を羽織る女性教諭に呼び止められた。

中岡佳代子《なかおかかよこ》。三代のクラスの担任で、化学の授業も受け持つ教師である。確か今年で三十路《みそじ》とかそれくらい……とかなんとかである。

「おーい藤原！　こっちこい！」

「……なんですか？」

「ちょっと手伝って欲しいことがあってな」

「手伝い？」

三代は自らのぼっち由来のステルス機能に自信があり、入学以来頼まれ事などされたことがなかったので少し驚いた。

まぁ最近少し志乃との絡みで目立ってしまっていた。ステルス機能が役立たずになっていてもおかしくはないのだが。

「お前帰宅部だろう？　時間ありそうだと思ってな。いいから手伝え。どうせすることもないだろ？」

「ないってわけじゃないですけどね。勉強とかしてますし」

「……そういえば総合学年一位だったな。だが、だからといって別に切羽詰まって順位を死守したがっているようにも思えないな。勉強の進み具合もだいぶ余裕があるんじゃないのか？」

「とりあえず、センター試験なら今受けても最低八割は取れますけど……」

「二年の今それだけ取れるなら超進学校の上澄みレベルだぞ。どうして平凡なうちの学校にお前みたいなのがいるのか……」

「マンションに一番近いところがよかったので、ここ選びました。勉強はどこの学校でもできます。自分と同程度かそれ以上に勉強ができる人間と同じ空間にいて切磋琢磨《せっさたくま》し、果てのない競争をしたいのなら進学校もアリでしょうけど、俺は別にそういうのは求めていないので」

「自分自身が納得いく合理的な判断をしたというワケか……まぁお前の個人的な選択基準はどうでもいいんだがな」

「どうでもいいって……じゃあなんで話を振ったのか」

「勉強のし過ぎも体によくないんだ。そういう話をしたかったんだ。ほら行くぞ」

「えっ、ちょっ」

中岡に学服の襟を摑《つか》まれ、三代は引きずられるようにして連行された。逃れようにも中岡の力が予想外に強く振り解《ほど》けなかった。

着いたのは校史資料室。書類やら何やら随分と乱雑に色々なものが置かれていた。話を聞くにここの整理を一緒にして欲しいそうだ。

「……私一人だと夕方までかかりそうだったからな。助かる」

早く終わらせて帰りたいので、三代は返事も返さず淡々と整理を始めるのだが、中岡が変なことを言い出したせいで手が止まった。

「ところで藤原《ふじわら》、最近お前……結崎《ゆいざき》と仲がいいそうだな。実は教職員の間でも話題になっていてな。今日も世間話で触れている先生がいた」

「仲がいいっていうか……まぁ席も前後ですから。そんなことより早くここの整理を終わらせましょうよ」

三代は適当に濁して話を流そうとする。しかし、中岡は流されなかった。

「そう邪険にするな。結崎が男に絡むのは珍しいなと思ってな。ぼっちのお前が知っているかは分からないが、結崎は男を避けたり、敵視するような行動を取ることがある。男子生徒はもちろん男性教諭もその対象だ。……仲良くなる前に一瞬でも女として見られるのを感じると壁を作ってしまう、という感じだなアレは。あまり人の目を気にしていないようにも見えるが、一方で異性に対しては凄《すご》く敏感な子だ」

「……」

「まぁ、あれだけ可愛《かわい》ければ分からなくもないがな。色々と嫌な気分にさせられる時もあっただろうしな。一種の自己防衛だ」

中岡は最初から志乃について話したかったようで、そういう話の持って行き方である。

手伝いは単なる口実だったのだ。

「だが、世の中の人間は半分が男で、それはどう足掻《あが》いたって変わらない現実だ。高校生が大人になるまでの猶予はそう長くなく、法律的には在籍中に大人になる。十八歳が成人年齢だからな。まぁ学生やっているうちは子ども扱いが続くし、そこから大学に行けば猶予も伸びるが……社会にはいずれ出ることになる。時間が経《た》てば、男が苦手だから避けるなどというワガママが通じない状況にも遭遇する。『苦手だから』で許され、心配され、配慮されるのは今のうちだけだ」

「それは……まぁ……仰《おっしゃ》る通りでしょうね」

「というところで、だ。簡潔に結論から述べるとするならば、私はお前にこう言いたいんだ。──結崎と付きあえ」

しれっとした顔で、中岡がとんでもないことを言いだした。三代は目を丸くして驚いた。

「なっ……」

「なんだその陸に上げられた魚みたいな顔は。言っておくが、私は面白がっているというだけじゃなく、きちんとした理由もあって勧めている」

「り……理由？」

「結崎の男へ対する苦手意識の克服の一助になるからだ。男を知れば無駄に怖がる必要がなくなるからな。仮に交際に至らない場合でも、その結果に辿り着くまでの過程で、結崎が少しでも男に慣れることができたのならば喜ばしいことだ。それとも何か、お前はあんなに可愛い結崎に、『この先の人生ずっと男との距離感が分からないまま苦手なまま苦しみ続けろ』とでも言いたいのか？　そう思っているのか？　どうなんだ？　ん？」

「そんなこと急に言われても……」

「それと、結崎に近づくのはお前の為でもあるからな」

「俺の為……？」

「いつも一人でばかりいて、学校が楽しくないって面《つら》してるからなお前。教壇からはよく見える。行動して人生の化学反応を起こして、灰色の青春を薔薇色《ばらいろ》に変えれば、少しは学校も楽しくなるさ」

中岡の表情はとても柔らかく優しく、それは、生徒のことを考える一人の教育者の顔であった。どう転んでも二人にとってよい結果になる可能性が高い、と中岡なりに思っての勧めなのが三代にも分かってしまった。

だが、何も考えずに『ハイ分かりました』と頷《うなず》ける提案ではないのも確かだ。

「先生の言いたいことは分かりましたが……結崎の気持ちもあることで、それに、俺もそんな関係になりたいとか考えたこともないんですが」

「結崎が嫌いなのか？」

「嫌いではないですが……」

「ということは好きなワケだ。問題ないな」

「嫌いじゃないなら好きなハズ、という理屈はちょっとおかしくないですか？」

「面倒くさいヤツだな……積極性は無いのか積極性は。無理やり振り向かせるくらいの気概を持て。いい感じの雰囲気に持ち込んで手籠めにしてやるくらいの欲を見せてみろ。狼《おおかみ》になれ！　がおーがおがお！」

「……それ本気で言ってます？」

「本気だ」

「無理やりなんて人として駄目なことだと思いますし、それに嫌われると思いますよ普通に」

「それは事前の好感度によって変わってくる。見極めが大事だ見極めがな。複雑な女心を理屈で理解せず感覚で掴むんだ」

志乃がそういった面倒なタイプの性格には思えないが、それはさておき、全くもって三代には掴みようもない感覚だ。

「ちょっとそういう感覚は俺には理解が不可能というか……まぁなんでもいいですが、どんなに焚《た》きつけても、俺はその気にはなりませんよ。多少は絡《から》んでくれたとしても、結崎は俺のことも本音では苦手だと思っていると思います。結崎が男が苦手なのは俺も知っています。だから……」

「結崎の中ではお前が全然苦手じゃない初めての男……かもしれないぞ？　もしかすると、お前からアプローチがくるのを待っている……かもしれないな。いや、あるいは自分の方から動こうと思っている可能性もある」

中岡の表情には僅かながら笑みが浮かんでいた。教師として生徒を案じるのとは別に、悩める青少年をからかって個人的に楽しもうとしているのが見て取れる。

「かもしれない、かもしれないって……そもそも、俺と結崎に接点ができたのは最近のことで、お互い好きになる理由も時間も……」

三代が眉根を寄せると、中岡がわざとらしく肩を竦《すく》めた。

「恋愛に理由も時間も関係ない。童貞はすぐに恋愛にそれを求めるが悪い癖だ。『実はずっと前から好きだったの』って言われて嬉《うれ》しいのか？　すぐに行動を起こすほどの好きじゃなかった＝キープ君にされていただけだと言うのに。ちょろっと過去の出来事を装飾すれば『そうかあの時から……』などと騙《だま》されて」

「うがった見方をしすぎじゃないですか、それ」

「そんなことはない。あと、理由があるから好きって言うのも酷《ひど》い話だな。人間は多面的な生き物であり、本当に好きになればこそ、沢山の面を愛せばこそ、好きの理由を見出《みいだ》すことが難しくなる。理由がハッキリしている好きは、私から言わせれば薄過ぎる。『そこだけ』好きってことだからな」

中岡の言ってることは間違いなく一般的な常識からは外れている。しかし、こうも断言されると妙な説得力があるようにも聞こえてくるのだから不思議だ。

2

延々と続いた中岡との会話から三代が解放されたのは、夕方だった。

煮え切らない態度を取り続ける三代に痺《しび》れを切らした中岡が折れ、「まぁ考えておけ」とため息混じりに言って終わった。校史資料室の整理もついでに終わらせた。

精神的にすっかり疲れた三代は自宅に帰り、ふらふらしながら自室に入るや否《いな》やベッドに倒れ込んだ。

「このまま眠りたい……」

そんな衝動に駆られる。だが、その前にやることがある。朝にあとで連絡をすると志乃に約束していた。

三代はむっくと起き上がると、スマホのメッセージアプリを起動した。ひとまず志乃のＩＤを登録し、それからメッセージを送ろうとして……手が止まる。

中岡から色々と言われたことが脳裏にチラつき、なんだか今の自分が重大な岐路に立たされているような気がして指が動かなくなったのだ。

三代が固まっていると時間はあっという間に過ぎ、気がつけば二十一時だ。

「……余計なことを考えるのは駄目だな。先生の言葉は完全に忘れるべきだ。考えれば考えるほど連絡を送り辛《づら》くなる」

三代は無理やり頭の中を空にした。すると、ゆっくりにではあるが指が動いてくれるようになった。

「これでよし……と」

ひとまず送り主が自分だと分かって貰《もら》えればいいので、三代は自分の名前のみを記したメッセージを送ることにした。

ぽちっと送信を押すと、妙な達成感と疲労感が同時にやってきた。

三代は一息入れるべく飲み物を取りに行こうとして――スマホが鳴ってビクっとした。

おそるおそる確認すると志乃からの返信だった。

──待ってたよー。

「メッセージを送ってからまだ一分も経ってないんだが……」

この速さの返信は予想しておらず、三代は額に汗を掻《か》きながらごくりと唾を呑《の》み込んだ。

「……結崎がくれた返信に返信しないと駄目だよな？」

三代は焦《あせ》りながら返信内容を考え始めるが、こちらが文章を送る前に、志乃から追撃でどんどんメッセージが届いた。

──約束守ってくれてありがとー。

──いつ連絡来るのかなーってどきどきしてたー。

──ってか、名前だけって笑える。センスあるよ。

こちらのペースを考えない鬼速の追撃に、いっそのこと見なかったことにして『悪い見てなかった』と後で言い訳する方が楽かもしれないと三代は思ったが、使用しているメッセージアプリの機能がそれを思い留《とど》まらせた。

このアプリは既読がついて相手に見たことが伝わる。返信をしないままは＝で無視になるのだ。見てなかった、という言い訳が使えなかった。

「どうしようこれ……そうだな……まずこういうアプリには慣れてないってことを伝えるか」

考えた結果、三代はひとまず素直に今の自分を伝えることにした。こういう時は正直が一番だ。多分。

「ええと……『悪いんだが、俺はぼっちだったから誰かと連絡を取るとか初めてなんだ。返事が遅かったり、感覚ズレとかあると思うが許して欲しい』……と」

――マ？　りょ！

「『マ？』とか『りょ』ってなんだ？　意味が分からない。頼むから日本語を使ってくれ」

全く意味が分からない単語はスルーしたいところだが、知らないままでは意思疎通が困難になるので、三代は仕方なくどういう意味なのか訊《き》いた。

すると、

――マ？はマジ？の略で、りょは了解の略だよ～。

「あぁなるほど略語なのな」

描く紡《つむ》ぐ志乃とのメッセージのやり取りは結構長く続いた。

志乃がペースを落としてくれるようになり、三代にも少し余裕ができて、そこそこ上手《うま》く会話が回り始めた。

そうして何気ないトークが続く中、ふいに志乃が来週の日曜日に三代の家に行きたいと言い出した。

――来週の日曜日に藤原の家に行っていい？　バイト先でお菓子作ったりするんだけどその練習がしたくて。一緒につくろ。

お菓子作りの経験がない自分が練習の役に立つのか三代には疑問で、念のために確認を取ると志乃は『大丈夫だよ』と返事をよこした。

提案した本人がそう言うのであれば、きっと大丈夫なのだろう。家に上げることについては、もう二度も招き入れているので三代も抵抗は感じなかった。

そろそろ時間が遅くなってきたこともあり、お互いに『おやすみ』と送りあってトークは終了となった。

「……今何時だ？　もうアニメの時間か」

時計を見ると深夜アニメが始まる五分前だった。眠気はあるが、見ないワケにもいかないので三代は深夜アニメを見てから眠った。

3

翌週の日曜日までの間、お互いに学校では無関心を装《よそお》いつつ、家に帰って夜になってから他愛のない連絡を取り合う毎日を過ごした。

他の生徒からの注目は目に見えて減り始め、色々と捲《まく》し立ててくれた中岡も様子見をしているのか、窺《うかが》う視線は向けてもちょっかいは出してこなかった。

そうこうしているうちに日曜日が訪れ、三代は外行きの服に着替えて駅に向かうと、志乃がやってくるまでホームにある長椅子に座って待った。

まもなくしてやってきた電車から志乃が降りてきた。

三代が手を振ると、志乃もこちらに気づいて小走りで駆けよってくる。

「待った？」

「今来たばっかだ」

「よかったー」

休みの日だから当然に私服である志乃は、短めの丈のクロップドパンツに水玉の白シャツ、それと足元は花柄のサンダルというラフな格好だった。何が入っているのか分からないが大きめの籐《とう》の籠も手にしている。

九月も下旬に入りつつあるが、気温が高い日もまだ多く、今日もまたそうであったので志乃も夏の装いのようだ。

制服の志乃しか三代は見たことがなかったので、私服はなんだか新鮮に感じた。

「……行くか」

三代がそう言って椅子から立ち上がると、「ちょっと待って」と志乃が制止をかけてきた。

「その……突然で悪いんだけど……」

申し訳なさそうな表情で頬を掻く志乃の後ろから、ひょこりと小さい女の子が出てくる。

謎の女児の登場に三代が首を捻《ひね》ると、

「その……家を出る時に急についてくるって言い出して」

「え……家を出る時についてきた？　まさか結崎……一児の母だったり……する？」

「ち、違う違う！　あたしの歳《とし》でこんな大きな子どもがいるか！　ってか処女なのにどうして子どもが——い、いや今言ったことは忘れて」

志乃が両手を振って慌てて否定してきた。

どうやら娘ではないらしいが、考えてもみれば、志乃はまだ高校生だしそれに男が苦手であるのだ。子どもなど作っているワケがなかった。

冷静になって考えればすぐに分かる勘違いをしてしまった、と三代は頬を掻きながら反省した。

「えっと、前にちらっと言ったことあると思うんだけど、あたし妹がいるんだよね。この子はそれ。電車乗ってる時に藤原に連絡してた方がいいのは分かってたんだけど……言い出し辛くてさ」

志乃は確かに妹がいると以前に言っていた。三代もそれを思い出して納得した。

「ほら、おにいちゃんに挨拶」

「……はじめましてです。美希《みき》です」

おずおずと三代の目の前に出てきた志乃の妹——美希は、姉妹というだけあって志乃によく似ていた。

一見して分かる違いは、染めている志乃の髪の色を除けば目元くらいだろうか。

志乃がくりっとハッキリした二重であるのに対して、美希も綺麗《きれい》な二重ではあるが垂れ目気味だった。

「よろしくね美希ちゃん」

「あ、あい……」

美希は目をぎゅっと瞑《つぶ》って俯《うつむ》いた。怖がっているのではなく、恥ずかしがっている感じである。

「本当にごめんね藤原……」

「別に謝らなくても」

「迷惑かけると駄目だから、大人しくおうちでお母さんとお父さんと遊んでなって言ったんだけど」

「迷惑なんて思ってないから大丈夫だって。……多分だけど美希ちゃんはお姉ちゃんのことが好きで、だから一緒にいたかったのかな?」

三代が屈《かが》んで微笑《ほほえ》むと、美希はにこっと笑って小さく頷《うなず》いた。

「うん。おねえちゃん好き」

見た目の年齢相応の純真な女の子。そういう風に三代には見えた。だが、一部始終を隣で見ていた志乃がなんとも言えない表情だ。

「どうした結崎。なんだその顔は」

「……先に言っておくけど、仲よくなると一気に悪戯《いたずら》っ子になるのが美希だから。猫を被《かぶ》るのが得意だから騙《だま》されないように」

志乃がそう言うと美希が目を泳がせた。そして言った。

「おねえちゃん昨日のことまだ怒ってる……？」

「ん？　それは勿論《もちろん》」

「そんなに怒らないでよ……。だって、おねえちゃんのブラジャーに小玉メロンが収まるかもって思って……そしたら収まっちゃったから……」

「だからってそのまま振り回して遊ぶのはないでしょ！　ストラップもホックも壊れちゃったんだよ！」

「おねえちゃんのおっぱいが意外と大きいのが悪いんだよ……」

「悪くない」

「わがままボディだから……」

「……どこで覚えたのそんな言葉」

「テレビでやってた」

「見なくてよろしいそんなテレビは」

ブラジャーで遊んでいたのがどうとか凄《すご》い話をしている。大人しい子に見えた美希だが、実際は志乃が言った通りに猫を被っていただけで、本性はかなり自由奔放なようだ。

あまり聞き耳を立てて良い話ではないのは分かるので、三代はとりあえず、両手で耳を塞いだ。

——ん？　あれ、あのおにいちゃん耳をふさいじゃった。まぁちょーどいいや。ねぇねえ、おねえちゃんちょっといい？

——何よ。

——ともだちのおうちに行くって話だったのに、女の子のおうちじゃないんだね？

——……女の友達の家だなんて一言も言ってないよ。

——おとうさんとおかあさんには黙ってたほうがいい？　美希にも隠してたってことは、二人にも言ってないよね？

——そ、そのうち言おうとは思ってるけど、今はまだそういう関係じゃないし……その……できれば言わないで欲しい。

——そういうカンケイ？　今はまだ？　うーん……ふふっ……美希にはよくわかんない

けど、黙ってて欲しいっていうなら黙っておくね。でも、そのかわりに美希の前であのおにいちゃんとちゅっちゅしてね。

——えっ？

——ドラマでちゅーしてるの見たんだけどね、そしたら、実際のちゅーってどういう感じなのかなって気になって見てみたいなって。だから、ちゅっちゅしたら黙ってる。別にあのお兄ちゃんのこと嫌いじゃないでしょ？　おねえちゃんがおとうさん以外の男の人にふつうに接してるのはじめて見たし、むしろ好きでしょ？

——そう言われると……好き……なのかな？

——なのかな？　なにそれ。おとうさんとおかあさんに言うよ？

——……好きだと思う。

——だと思う？

——す、好き。好き！　これでいい？

——好きなんじゃん。こういうのって勢いがだいじって聞くし、今日のうちに決めちゃいなよ。

——……。

どうやら二人が喧嘩《けんか》をやめたようなので、三代は耳を塞いでいた手を離した。

二人がどんな会話をしていたのかは分からないが、美希がニコニコと笑顔な一方で、志乃が耳まで真っ赤にして前髪をいじっていた。

（なんで結崎は顔を赤くして――あぁそうか、ブラジャー云々《うんぬん》の怒りは抑えたが、恥ずかしさがまだ残っているんだな。多分それだ）

三代はそんな推測を立てると、なるべくそれを連想させるワードは出さないようにしなければと心に誓った。人を不快な気分にさせて喜ぶ趣味があれば別だが、三代はそうした歪《ゆが》んだ性癖など持っていないのだ。

さて、会話の注意点も把握したところで、いつまでも立ち止まっているワケにもいかず三代は二人を連れてマンションへ向かった。

駅からそこまで離れてはいないので数分も歩くと着いた。

「……おねえちゃん、おねえちゃん」

「どうしたの？」

「なんかわくわくするね。こういうビルっておうちの近くにないよ」

「ビルっていうかマンションね」

エントランスを抜けたところで、急に美希がきょろきょろと周囲を見回し始めた。結崎家の近くにはこういったマンションがないらしく興味を惹《ひ》くようだ。

結崎家は電車で一時間はかかる場所にある、と聞いたのは三代も覚えている。距離的に郊外のさらに外側……そこはもう、ちょっとした田舎だ。

まだ幼く都市部を出歩く機会も少ないであろう美希には、色々と目新しく映るようだ。

「……きょろきょろ周りを見たら駄目だよ美希。おうちの近くと違うんだからね。怒られても知らないよ？」

「だれに怒られるの？　とりあえず、おにいちゃんはそんな怒ってなさそうだよ？　なら、ちょっとくらいは大丈夫ってことじゃない？」

美希の推論は間違っておらず、三代が美希の行動を気にしなかったのはこのマンションには住民相互不干渉という暗黙の了解があるからだった。

幼い子が落ち着かずにいるからといって、眉を顰《ひそ》める人はいないのである。

しかし、三代が美希の言動を擁護するよりも先に、志乃が「それでも」と美希にデコピンを食《く》らわせた。

「いったぁ……おねえちゃんなにするの？」

「気にしている人や怒っている人がいないとしても、お行儀悪くしてもいいとはならない」

「おねえちゃんって見ためと違って中身カタブツだよね……はぁ……ちゅっちゅは無理かな」

「ちゅっちゅは……まぁその……」

志乃と美希が途中から——ちゅっちゅがどうとか——何の話をしているのか三代にはよく分からなかったが、とにかく、遅ればせながらに自分が美希の行動を気にしなかった理由を志乃に告げた。

だが、志乃は三代の話を聞いても意思を曲げず「んーんー」と首を横に振り「気にする人がいなくてもお行儀悪いのはよくないでしょ」と語った。

モラル的にも子どもへの教育的にも志乃が正論だ。反論などできようもなく、下手に抵抗すると余計な軋轢《あつれき》を生みそうな気がしたので三代は黙った。

自宅に入りキッチンに向かうと、志乃は鼻歌交じりに持ってきた籐《とう》の籠から色々な調理器具を出し始めた。

「おー……これお菓子作りの器具か。色々使うんだな」

「まぁね。あとは必要なのはオーブン」

「オーブン？　うちには多分ないぞ」

「あるよ」

「なんで分かるんだ？」

「あたし前にここで朝ご飯作ったことあったでしょ？　あの時にオーブン見つけてたから、あるの知ってる。これこれ」

志乃はキッチンの隅にある箱をたたしと叩《たた》いた。確かその箱は三代の記憶によるとずっと前から置いてあったものだ。

いつからあったのか定《さだ》かではないし、電子レンジに似ているが何か違うよく分からない箱という認識でしかなかったが……。

「それオーブンだったんだな……」

「え？　知らなかったの……って、そういえば藤原は料理とかしないんだっけ？　なら使わないから分からなくてもしょうがないか……」

「理解して貰《もら》えて嬉《うれ》しい限りだ」

「開き直り？」

「そんなことはどうだっていい。それより、ちょっと気になることが……」

「……気になること？」

「美希ちゃんの姿が見えないんだが、どこに行ったんだ？」

キッチンに着いてから三代も気づいたのだが、なぜか美希の姿が見えなかった。志乃も三代に指摘されて気づいたらしく「あれ？」と首を傾《かし》げた。

「ホントだ。どこ行ったんだろ」

「玄関通った時にはいたハズだし、多分家の中のどこかにはいると思うが……あっち捜してくる」

「うん。お願い」

二手に分かれて美希の捜索を始めた。

部屋数はある方だが一軒家ほど広くはないので、美希はわりとすぐに見つかった。リビングのソファで寝転がっていたのを三代が発見した。

「美希ちゃんそこにいたのか」

「う？」

「こっちにいたぞー」

「おっけー！」

志乃が三代の発見報告に応えて慌ててやってくる。そして、美希を見るや否《いな》や不機嫌そうに目を細めた。

――怒っている。

「美希……」

「おねえちゃん顔がこわいんだけど……」

「あのね、ここは美希のお家《うち》じゃないの。このお兄ちゃんの家なの。自分の家のように振る舞ったら失礼だし迷惑でしょ？」

「そうは言っても」

「なんでもないよ。それより、美希はたべるの専門だし、作るのは二人でやってね」

清々《すがすが》しいくらいに悪びれる様子がない美希を志乃が睨《にら》みつけるが、それも一瞬のことだった。

志乃は徐々に力なく俯《うつむ》くと、なんだか今にも泣き出しそうな顔になった。

「……なんなの。美希がそんなんで、お姉ちゃんのあたしまでワガママな女みたいに見えたらどーすんのよ。藤原に嫌われたらどーしてくれんの」

志乃のこぼしたその言葉は、若干震えていて、さらに音量も小さ過ぎたせいで三代にはよく聞こえなかった。

ただ、何を言ったのかは分からなくとも落ち込んでいるのなら元気づけるべきだと思った三代は、志乃に何か言葉をかけようとする。

だが――なぜか動いたのは口ではなく手だった。

無意識のうちに手が動き、気づいたら三代は志乃の頭を撫《な》でていた。それは本当に無自覚に。

「えっ……ちょっ……」

突然頭を撫でられた志乃は当然だが驚いていたが、すぐに頬を赤らめて目を伏せた。

抵抗する素振りはなかった。

「……」

「……」

「まだお菓子たべてないのに、もうお腹《なか》いっぱいになりそう。……これだとけっこう簡単にちゅっちゅしそうかな？」

美希が鼻をひくつかせたところで、三代はようやく自分が何をしているのかに気づいた。

慌てて手を引っ込めて志乃からパッと離れた。

「俺は……」

ゴクリと唾を呑《の》み込み、三代はまじまじと自分の手のひらを見つめる。ふいに思い出したのは中岡の言葉だった。

『面倒くさいヤツだな……積極性は無いのか積極性は。無理やり振り向かせるくらいの気概を持て。いい感じの雰囲気に持ち込んで手籠めにしてやるくらいの欲を見せてみろ。狼《おおかみ》になれ。がおーがおがお！』

★

★

三代は中岡の話をそこまで真剣には捉えていなかった。

多少思うところがあったのは確かだが、だとしても、焚《た》きつけられたままに動いて黒歴史を作りたくない思いの方が強かった。

変な勘違いをして志乃を困らせたくないのもあった。

だというのに体が勝手に動いた。

三代は何がなんだかワケが分からなくなってきた。必死に思考して自分自身の行動の理由を探ってみるが、どれだけ考えても正解には辿《たど》り着けなかった。

三代は仕方なく、今この疑問から逃げるように強引に話題を変えることにした。話題が変われば空気も変わる。空気が変われば余計なことを考えなくなる。そうすればいつも通りの自分に戻れるハズだと考えたのだ。

「そういえば――お菓子作りの材料がないぞ！」

「……藤原の味の好みとかも聞きながら、一緒に買いに行こうと思ってたの」

「そうか！　じゃあ買いに行かないとな！」

「……うん」

志乃が上目遣いでこちらを見る。うるうるとした水気を含むその瞳に、三代はウッとのけぞって顔を逸《そ》らした。

直視し続けたら正気が保てない気がした。

「……あともう少しだったのになぁ。おにいちゃん、意外とじせーしん強いね。や、ギリギリ？」

二人の距離感を眺めていた美希が、肩を竦《すく》めて小さくそう呟《つぶや》いていた。

4

お菓子の材料を買いに外に出ると、なんだか雰囲気が変わったように感じ、三代は落ち着いてきた。

話題が変われば空気も変わる、という判断は正しかったようだ。

しかし、そうして三代が安堵《あんど》する一方で、製菓材料専門店に行こうとした志乃に対して美希がゲームセンターも併設している大きなところ――大型複合商業施設の方に行きたいと言い出し、再び姉妹喧嘩《しまいげんか》が勃発しそうになっていた。

だが、決定的な決裂に至るまでの喧嘩が起きることはなく、気がつけば志乃と美希は仲直りしてこそこそと内緒話を始めていた。

――もう……大人しくしてよ。お願いだから。

――ふぅん？

――な、なによ。

――さっき雰囲気よかったよね。美希が好き勝手やって、おねえちゃんが落ちこんだらおにいちゃんが頭なでなでしてくれたよね？

――……なんかそれ狙ってたみたいに聞こえるんですけど？

――狙ってたけど？

――え？　マ？

――マ。

――ふ、ふぅん……？

――それで、おねえちゃんに〝ろうほう〟なんだけど……さっきおにいちゃん落ちそうだったよ。頭をなでたとき惚《ほ》れかけてた顔してた。だから、ここが攻め時ってやつ。事故をよそおって〝ちゅう〟だね。なにも怖がることないよ。勢いはだいじだよ？

――美希……ちょっと面白がってない？

――そう思うならそれでもいいよ。選ぶのはおねえちゃんだからね。ただ……大きなお店のほうが自然な事故をよそおえるよ？　美希もゲームセンターに遊びにいっていなくなれるしね。ゲームするお金はもらうけどね。

――……。

――決めるのが遅いとおにいちゃんイライラするだろうし、嫌われたくないならさっさと決めたほうがいいよ。

──わ、分かった。美希の言うことにも一理あるし……乗る。ウジウジしてるのも性にあわないしマジでやるから。覚悟決めたった。

──ん。

二人がどんなひそひそ話をしていたのか？　それは三代には見当もつかないが、最終的に美希の要望を採択したということだけは教えて貰えた。

大型複合商業施設に到着すると、美希が早速ゲームセンターを探し始めた。ゲームセンターは二階にあった。

ぴこぴこと光る筐体《きょうたい》が並ぶ光景に美希が歓喜の声をあげる。

「にゅふふ、それじゃあ、二人の買いものが終わるまで、美希は一人でここで遊んでるから」

「……今さらだけど一人で大丈夫？」

「すぐそこのかうんたーに人いるし、大丈夫だよ。美希の心配よりも自分の心配しなよ」

「減らず口……」

「お金」

「はい五百円」

「五百円ねぇ……ＵＦＯキャッチャー数回しかできないよ。これだとメダルゲームじゃないと時間つぶせないじゃん。や、それもきびしいかな」

「ワガママ言わないでよ。あたしだってお金持ちじゃないんだから」

「わかってるよ……」

美希が眉を寄せて唸《うな》った。志乃から貰《もら》うお小遣いの金額に納得がいかないようだが、まぁ五百円では遊べる時間もたかが知れてるのも確かだ。

三代も長い買い物をするつもりはないが、しかし、五分や十分で終わるかと言われれば厳しい気はした。

志乃はこちらの好みなどを聞きながら、と言っていた。つまり予《あらかじ》め決まった材料を買うワケではないのだから一瞬で済ませるのは無理だ。

美希がお金を使い切り、待つことになるのはほぼ確定だが……その姿を想像するとなんだか可哀想《かわいそう》に思えてきたので、三代は自分の財布から五百円玉を取り出して美希に握らせた。

「おにいちゃん……？」

「これで千円になったね。少しは長く遊べるんじゃない？」

「ありがとう！　……ふふふ、よーし、それじゃあお礼におにいちゃんにイイこと教えてあげる」

「イイこと……？」

怪訝《けげん》に首を傾《かし》げながらも、三代は言われた通りに耳を貸した。

「耳かして」

「……おねえちゃんね、意外とおっちょこちょいなんだ。階段とか踏みはずしちゃうときがあるの。だから、そのときはちゃんと〝ぎゅっ〟てして怪我《けが》しないようにまもってあげてね。きょうは踏みはずすと思うから」

それは妙に具体的な――言うなれば、まるで起きることが分かっているかのような、そんな助言だった。

三代が更に深く首を傾げると、美希はそのままゲームセンターの中へ駆けていった。

「……美希にお金を渡さなくていいよ。ごねれば貰えるって覚えちゃうし」

隣にやってきた志乃がため息を吐《つ》いた。

教育に悪いのはその通りなのだろうが、しかし、三代の目には美希がどうにも可哀想に見えてしまったのだ。

それに、

「別に毎日あげるワケじゃないし、そもそも結崎だってお小遣いを美希ちゃんに渡してたじゃないか」

「それには……理由が……」

「理由？　よく分からないが、自分もお小遣いを渡してるんだから俺のことをとやかく言えないのは確かだろ。まぁあれだ、お出かけしたら遊びたいって思うのが子どもだし今日くらいはいいんじゃないのか」

「……藤原って子どもができたら凄《すご》い甘やかしそう」

「そうか？」

「そうだよー。なんとなく結婚後の生活が想像できる。優しいパパって感じ」

「そんなこと言われても、そもそも俺は結婚以前に恋人もできないと思うけどな。ぼっちだ。出逢《であ》いすらない」

「ぼっちでも彼女いたり結婚してる人もいると思うけど？　っていうか藤原にも出逢いがあったでしょ。今すごく近くに……その相手がいるような気がしない？」

それはとても意味深な発言で、どういう意味なのか三代は訊《き》き返したくなった。

だが、その答えを知ったのなら、本当に最終的に引き返せなくなるような気がして腰が引けて訊くことができなかった。

「いるような……気もするが……いないような気も……する」

そう返すので精一杯だ。

「そっか……いるような、いないような?」

「そ、そうだ。そんな感じだ」

「……ふぅーん?」

志乃は目を細め、窺《うかが》うような、探るような、そういう表情だった。その視線の先には三代の唇があったが、見られている当人は気づかなかった。

志乃の雰囲気が若干変わったのだけは肌で感じていたが、それだけだ。

しかし、たとえどれだけ三代が鈍感であったとしても、気持ちというものを実際に行動に移されれば理解せざるを得なくなる。

5

上の階にあったお菓子の材料売り場で、味や形といったお菓子作りに関係する話をしながら買い物を進めていくと三十分くらいで終わった。

あとは美希を迎えに行くだけだが——しかし、なんとも運が悪いことに二人は渋滞に捕まってしまった。エスカレーターとエレベーターの両方に行列ができており、すぐには美希のいる二階には行けなさそうだった。

二人はひとまず行列に加わったが、列が少し進む度に前方のどこかで割り込みが起きては後退を余儀なくされ、初期位置から全く動けないままだ。

日曜日だから混むのは当たり前、と諦めるべきなのは頭では理解できるのだが、それでも苛立《いらだ》ちが湧いてくる。

三代の顔が徐々にしかめっ面《つら》になる。すると、志乃がくいくいと袖を引っ張ってきた。

「……階段使おうよ。あっちにあるし」

志乃は呟《つぶや》くようにそう言って、フロアの片隅を指差した。人気がないその場所に階段はひっそりと佇《たたず》んでいた。

「……階段か」

「うん」

「行列が解消される気配もないし、そうだな階段を使うか」

このまま行列に並び続けても無駄に時間を消費するだけなのも確かなので、三代は志乃の提案に乗ることにした。

誰もいない静かな階段を降りる。たん、たん、と足音を響かせながら、まず最初に三代が二階に降り立った。

次の瞬間。

「きゃあ！」

志乃の悲鳴が聞こえた。

驚いて三代が振り返ると、体勢を崩したらしき志乃が飛び込んできた。

「やーころんじゃうー」

凄い棒読みであったが、三代はそんなことに気づく暇もなかった。志乃を助ける為《ため》に慌てて抱きとめた。

「――危ない！」

それから。

どてん、と勢いよく背中が床について。

感じた痛みに耐えながら瞼《まぶた》をゆっくりと上げた三代は――驚いて目を丸くした。目の前に瞼を閉じた志乃の顔があったからだ。

自分の唇に柔らかくほんのりと甘い感触が重なっていることには、遅れて気づく。おそるおそる確認してみると志乃の唇だった。

「……っ？」

理解が追い付かなかった。助けようと思って抱きとめただけなのに――なぜか自分は志乃とキスしているのだ。

唇を重ねたまま、たっぷり十秒が経《た》ってから、三代の瞳にこちらに駆け寄って来る美希の姿が映った。

「そろそろくるかなーってウロウロしながら待ってたんだけど……これまた……はでにやったねぇ？　だいじょーぶだった？」

そう言ってニヤニヤと笑う美希を一瞥《いちべつ》した志乃は、自らの瞳孔を夜の猫さながらに大きく開くと、頬を桃の花びらのように赤み掛かったピンク色に染めてから美希へ向けていた視線を切り、思考が停止しかけている三代に追い打ちをかけてきた。

もう一度唇を重ねてきた。

二回目のキスは短かった。すぐに『ちゅっ』と唇が離れる音がして、志乃の顔が離れていく。

「……助けてくれてありがと。偶然だけどキスしちゃったね。恋人じゃなきゃしたら駄目なコト……しちゃった。藤原……って呼ぶのはちょっと距離あるから、これからは名前で呼ぶね。あたし……三代が好き」

それは、あまりにいきなり過ぎる告白だった。三代の頭の中は一瞬で真っ白になり、気がつけば魂が抜けたようなアホ面にもなっていた。

「返事は……すぐに聞けなさそうだね」

「な……なんで……」

「しょうがないじゃん。理由は……上手《うま》く言えないけど……でも、イイ人だなって思っちゃったから」

「そんな軽い感じで……」

「別に軽くはないよ？　初めての男の子への告白だし、かなり勇気必要だった。それで、あたしの初めてのちゅーと告白を貰《もら》った気分はどう？」

「……どうって」

「ちょっと甘くなかった？　さっきこっそり甘い感じのリップ塗ったし、多分甘かったと思うけど」

「ほんのり甘かったけどぉ……」

「ふふふ、ならよかった。初ちゅーで臭かったとか思われたらサイアクだし」

「そういう問題じゃ……結崎は……その……」

三代がしどろもどろに言葉を吐き出していると、志乃は少しムッとして三代の頬をぐにぐにと引っ張った。

「結崎じゃなくて志乃って呼んで」

「い、いたひ……」

「よーんーでー」

「わ、わはった。わはった。……ひ、ひの」

「それでよーし」

「……」

「……あんまり重く考えてなくていいよ。あたしは自分の気持ちを伝えたかっただけで、もちろん三代があたしのこと好きだったら嬉《うれ》しいけど、駄目でもその時はちゃんと諦めるつもりだよ。たぶん……いっぱい泣いちゃうと思うけど、重い女にはなりたくないから折りあいはつける」

そう言って笑う志乃の唇は少しだけ震えている。不安なのを堪《こら》えて抑えているのが丸分かりだった。

告白された側の三代には分からないことであるが、告白という行為は残酷なほど人を怯《おび》えさせるものだ。了承、拒否、保留、無視……どれでもよいが、とにかく必ず結果が出てしまうからだ。

宙ぶらりんではいられないし、自分の望んだ答えが出る保証もない。怖くて怖くて仕方がなくなる。

だからよく言われるのだ。告白には勇気が必要だ、と。

ここから先のことを三代はあまりよく覚えていない。マンションに帰って当初の目的である お菓子作りを一緒にやったが意識があやふやだった。

出来上がったお菓子を食べても味が分からず、志乃と美希がこちらに聞こえる距離でしていた会話も耳に入らなかった。


——……美希びっくりしちゃったよ。

——なにが？

——や、告白までするんだなって。

——なに言ってんの？　美希が言ったんじゃん勢いが大事って。

——それはキスのことであって、告白までしたらとはゆってないけど……。

——……え？

——見なよ、おにいちゃんまっ白じゃん。こわれたロボットみたいになってる。〝ヴィーンガッシャン〟、とか効果音ついてもおかしくなってるよ？　おにいちゃんのキャパシティを考えないと。

——もしかして……あたしやっちゃった……？

——おねえちゃんの頭の悪さがここまでと思わなかった。

——う、うるさい！　い、いい感じじゃん！　真っ白ってことは意識してくれてんじゃん……たぶん。

——これだから恋愛けいけんなしはおそろしい……。

三代の視線は志乃の唇に釘付《くぎづ》けだった。その唇が動く度にキスの感触を思い出して、そしてまた頭が真っ白になる。

「おにいちゃん、またねー」

「……うん」

「またね三代」

「……うん」

フラフラとしながらも志乃と美希を駅まで送り、二人が乗った電車が見えなくなってから三代はホームにある長椅子に座る。

自らの唇に中指でそっと触れると、急に体温が上がった。心臓の鼓動もやけにハッキリ聞こえた。

「なんだこの展開っ……？　なんなんだよ？」

　三代は妙にむず痒《がゆ》くて甘酸《あまず》っぱい気持ちになり身悶《みもだ》えて叫んだ。通行人がびくっと驚いてこちらを見てくるが、それを気にする余裕などなかった。

「す、好きって……キスして……俺……俺のことを好きって……」

　志乃は確かにそう言った。友達や人間として好ましいという意味ではなく、異性としての『好き』だと言った。

　キスをした時の志乃の顔が、表情が、頭の中に浮かんでは消える。何度も何度もリピートする内に脳裏に焼き付いて離れなくなってきた。

　どうにか冷静にならないといけない――三代はマンションに帰るや否《いな》や休憩も取らずに勉強をしたり、あるいは深夜アニメを連続視聴して気を紛らわせようとした。

　だが、どれも上手くいかずに心は落ち着かないままだ。

　高揚が収まらないままベッドに潜り込む三代は、そこでようやく、志乃が一通だけメッセージを送ってきていたのに気づいた。

　――三代の答えが出るまで連絡するのやめるね。急《せ》かしてるみたいで、悪いから。

　一人で考える時間をあげる、と志乃は言ってくれていた。これはとてもありがたい配慮であり、三代もほっと胸を撫《な》でおろした。

ただ、メッセージのやり取りを停止しても、平日の学校では前後の席関係から物理的な距離の近さがある。どうしてもお互いの姿を認識することになる。

どんな顔をすればよいのか分からない三代は、学校では徹底的に志乃を避けた。

加減が分からず傍《はた》から見ても露骨な避け方となったが、それが問題になることはなく、また気にする生徒も出てこなかった。

校内ではお互いに絡《から》まない、という以前からの取り決めを実行し続けてきた積み重ねがあったので、三代が多少変な感じに志乃を避けてもは何ら不自然ではなかったからだ。

そして――日々が過ぎる。

三代は明確な答えを出せないまま、しかし、時間の経過と共に徐々に落ち着きを取り戻して考える余裕が少し出てきた。

（……このまま答えをいつまでも出さないまま、お互いが忘れるまで待って告白をなかったことにもできるんだろうか？）

三代は授業中に窓の外を眺めてそんなことを思うが、この考えがあまりに不誠実であることにもすぐに気づいた。

志乃は告白の時にこう言った。駄目でもその時はちゃんと諦める、と。ただ、重い女にはなりたくないから折りあいはつける、とも。

どんな形であれ、志乃は明確な答えを欲しがっていた。それなのに自然消滅を狙うのは志乃の気持ちに向き合っていない証拠だ。

(俺は……)

ふいに、後ろの席の志乃の顔が窓に反射して映り込んだ。志乃はきゅっと下唇を噛《か》んで自信なさげに俯《うつむ》いていた。

返事を引き延ばせば引き延ばすほど、それを待つ志乃が苦しい思いをする。それを嫌でも理解してしまう表情だった。

(そんな悲しそうな顔じゃなくて、俺はお前の笑っている顔が――)

――三代はハッとした。

自分の中で答えがもう出ていたことに気づいてしまった。

というか、悩む必要なんて元からなくて最初から答えは決まっていた。

ただ、認めるのが怖かったのだ。

勇気がなかった。

ぼっちであったから、大きな変化の訪れる決断が苦手で、逃げて、蓋をしようとする癖がついていた。

「……俺ってクソみたいな男だな」

三代はそう自嘲気味に苦笑すると、教師から見えないように机の下でスマホを操作し始めた。

志乃が勇気を出してくれたように自分も勇気を出せばいい。やれるだけやって頑張れるだけ頑張ればいい。

ぼっちな自分が、どこまで恋人をできるのかは分からないが、臆病になる必要はもうないのだと腹を括《くく》った。

誤魔化すつもりがなくなった三代の胸の高鳴りは、電波を通じて志乃の元に届いた。

窓に映る志乃は、怪訝《けげん》に首を捻《ひね》りながらスマホを手にすると、画面に視線を落とすや否や目を丸くした。

志乃はそれから徐々に頬を緩ませ——やがて満面の笑みとなった。

高校二年の秋の始まり九月の下旬。ただのぼっちであった藤原三代は、彼女がいるぼっちへと成長した。

6

本格的に季節も秋になり始めた。制服も十月を境に衣替えとなり、夏服から冬服に切り替わった。

そんなある日の放課後に、三代はふとすれ違った中岡から呼び止められた。中岡は観察でもするかのように三代の頭の先から足の先までをジロジロと見ると、

「お前……最近なんか雰囲気変わったな？」

「そうですか？」

「なんというか、余裕というか落ち着きというか、そういうのが感じられる。……お前もしかして」

志乃との関係は引き続き学校では隠しているが、こちらの様子を時折に窺《うかが》っていた中岡は気づいたようだ。

三代は軽く頬を掻《か》くと、

「そのもしかして……ですね」

「そうかそれで雰囲気変わったのか！　前に私が助言してやった時、あーだこーだと反論ばかりするものだから、こいつ駄目かもなと思っていたが……いい方向に転んだようだな」

三代は「なんとかまぁその」と苦笑する。

「青春を謳歌《おうか》しろよ青少年。勉強も学生の本分として大事にすべきではあるが、少しくらいそれ以外に目を向けたっていいんだ。ただ、避妊だけはしっかりしろよ？」

「ひ、避妊って……」

付きあい出して二週間。それなりに関係は深まりつつあるし、キスもぎこちなくではあるが自分からもできるようにはなっていた。

だが、それらはあくまで健全な交際の範疇《はんちゅう》であった。そこから先のことはまだ考える時期ではないのだ。

三代はただただ顔を赤くした。

「なんだその顔……まさかお前まだ童貞か？」

「だ、駄目なんですか？　童貞じゃ駄目なんですか？」

「お前ちゃんとついてるのか？」

「ついてますよ！」

「じゃあ普通我慢できないだろ」

「男子高校生をなんだと思ってるんです？」

「性欲おばけ」

「それは偏見ですよ！」

「いや、偏見ではなく事実だろう。今朝の職員会議でも、生徒指導の先生が昨日スマホでエロ動画見ていた生徒を発見してスマホ没収したとか言っていたぞ」

「そ、そんなのは一部の生徒で……」

「じゃあお前エロ本買ったりエロ動画見たことないのか？」

中岡は顎を撫でながら疑《うたぐ》り深い目で三代を見てくる。

見たことなんてない、と嘘《うそ》をつけばその嘘が嘘っぽくなる非常に答え辛《づら》い聞き方に三代は眉を顰《ひそ》めながら横を向いた。

「……処分しましたよ現物は」

「現物は？　まるで現物以外を持っているような言い方だな？　お？」

「……もうやめてくださいよ。別にいいじゃないですか、そういう話は。普通に恥ずかしいですし教師が生徒にする話じゃないですよ」

「いや、教師が生徒にすべき話だ。こういった性の問題について、例えば条例では高校生同士の性交渉を直接禁止していなかったりするが、これは同じ年頃の異性に恋愛感情を抱いて体を求めるのが青少年の健全な欲求でもあるからだ。だが、当然だが行為には責任が伴う。教師として私は釘《くぎ》を刺す必要がある。するなとは言わない。責任感を持てと言っているだけだ。何の対策もせず気持ち良さ優先で妊娠させました、みたいなクズにはなるなよ」

「俺は……別にえっちしなくても満足ですから……」

三代とて体の関係に興味がないワケではないが、キスをしたり手を繋《つな》ぐだけでも十分に満足できていた。

しかし、中岡は三代のそうした状態を『今だけだ』と切り捨てた。

「……そのうち満足できなくなる。それに、結崎の方がキスの次を求める可能性だってある。心の繋がりと体の繋がりは密接だ。プラトニックな関係であることを重視する者もいるが、そういうのは宗教の信仰であったり、あるいは潔癖過ぎるような精神的な不安定さという個々の事情によるところが大きい。そうでなければ、最上級の愛情表現や確認行為として肉体関係が位置する。……あまり口うるさく言うのもなんだな。結局私が言いたいのは色々と相手を思いやってやれ、だ」

「……」

「ちなみにコンドームはちゃんと着けるんだぞ？　売ってる場所が分からないから着けなくていいやとか、そういうのは駄目だからな。薬局とかでも普通に売ってるから探せ」

真面目なことを言っているのは分かるのだが、今すぐにどうこうの話ではないし、それに何より恥ずかしいので三代は中岡に背を向けた。

だが、

「そんな邪険にするな。……まぁいい最後に一つだけ言っておく」

最後に一つ、と言われて三代は思わず振り返る。

「コンドームは大人の玩具《おもちゃ》が売ってそうなところでは買うなよ？　そういうところはあえてすぐに破れるのも売っていたりすると聞く。間違ってそんなものを買いでもしたらお前……その歳《とし》でパパだぞ？」

振り向かなければよかった、と後悔しながら三代は学校を後にした。

7

帰宅後の三代の行動は以前とあまり変わらない。ただ、一つだけ今までと違う要素が加わってはいた。

「……そろそろか」

時計の針を見て時刻を確認した三代は、勉強道具を片付けてスマホをチェックした。すると志乃からのメッセージが届いていた。

――あともうちょっとで着くから待っててー。

今までと違う要素と言うのは、志乃が毎晩バイトが終わった後に三代のマンションにくるようになったことだ。

志乃は今まで乗っていた二十一時の電車を一時間ズラし、余った一時間を彼氏彼女の時間にあてるようにしてくれた。

学校では関係を隠していることもあり、休みの日を除けば、平日の恋人同士の時間はこの一時間のみである。貴重な一時間だ。

三代が玄関で正座して待っているとドアホンが鳴った。志乃だった。そわそわしながら三代はエントランスへ向かった。

「やっほー」

「待ってたぞ」

「あたしも待ち遠しかったー！　えいっ！」

三代は飛びついてきた志乃をぎゅっと抱きしめると、お姫さま抱っこで自宅へと入る。

「……ちゅーして」

玄関口で志乃からそう言われて、三代は照れながらもゆっくりと唇を重ねた。まだまだぎこちないが、それでも好意を伝える為《ため》に気持ちを込めた。

志乃の唇は爽やかな柑橘《かんきつ》系の味がした。いつもとは少し違う味ではあったが、志乃は時たまリップを変えるのでそのせいだ。

「味変わってるの気づいた？」

「んー……みかん？」

「そそ。この前が苺《いちご》でその前がバニラだったんだけど、どれがいい？　三代はどういうのが好きなのかなーって試してるんだよね」

「志乃が好きなのでいいよ」

「彼氏が好きな味を好きになりたいの！」

「俺も志乃が好きな味を好きになりたいんだが……これを言い出すといつまで経《た》っても平行線になりそうだな。……それじゃあリップは俺に合わせて貰《もら》うか。苺」

苺はキスをしているという実感をくれるような味わいと匂いで、それがなんだか三代は好きだった。

「おっけーい」

志乃は笑顔でそう言って、ごそごそとポーチの中身を漁《あさ》り出した。もう塗りなおす気のようだ。

10月24日〜10月26日 改造されたり紹介されたりしちゃったね。

1

日付は更に過ぎやがて十月の後半に入った。

毎日は好調である。

三代《さんだい》は今日も今日とてバイトを終えてやってきた志乃《しの》を丁重に迎え、膝の上に乗せて据え置きのゲームを一緒にやっていた。

「あー負けそう！」

「今日は俺の勝ち――」

「――これならどうだ！」

物理的に妨害を図ろうとしたらしく志乃がキスをしてきた。

ふわりと香る苺の匂いに鼻腔《びこう》をくすぐられ、三代は思わずコントローラーを手から落としてしまい、その隙に逆転負けしてしまった。

「やったー！」

「ちょ……いきなりはズルいな」

「ズルくないもーん」

気分がよい、と言わんばかりに志乃は伸びをすると、そろそろ電車の時間だからと帰り支度を始めた。

夜道は危ないので、いつものことだが三代は志乃を駅まで送ることにした。すると、道中で志乃が人差し指を唇に押し当てて「うーん」と首を捻《ひね》った。

「どうした？」

「そーいえばなんだけど……なんか微妙に気づかれてるっぽいんだよね」

「気づかれてる？」

「あたしたちって学校で話さないようにしてるじゃん？」

「そうだな」

「でも、なんとなく関係を察した人たちがいるっぽいっていうか。なんかこう、そんな感じの子たちがいるような」

関係を隠し通すのにもそろそろ限界が訪れ始めていたのか、薄々ながらに関係を疑い始めた生徒たちが出てきたようだ。

バレない為に色々と気を使ってはいたが、それでも、すれ違った時に目が合えば互いの瞳に熱が籠もることもあった。

それは本当にほんの一瞬であったが、志乃はもともと常に注目されている美少女であるので、一挙手一投足を様々な生徒から見られている。そのほんの一瞬を見逃さない連中がそれなりの数いた、ということだ。

「できれば……なんだけど、あたしもう隠したくないな。三代と付きあってるんだって周りに教えたい気持ちでいっぱいだもん。自慢の彼氏なんだよって」

自慢の彼氏、と言われて少しだけ三代は気恥ずかしくなった。そう言って貰えるのは嬉《うれ》しいが背中がムズムズしてくる。

「駄目……かなぁ？」

志乃は口を尖《とが》らせながら人差し指をつんつんと突き合わせた。こんな風にお願いされるとなると……。

まぁそれはさておき、関係を隠しているのは付きあうことになるとは思っていなかった頃の判断をなんとなく継続しているだけで、実際に恋人となった今は色々と変えてしかるべきなのも確かだ。

交際の公表は三代にとっても大きなメリットがある選択だ。志乃を密《ひそ》かに狙っている男に対して強いけん制になるからだ。

「……まぁ関係を無理に隠す必要はもうないか」

「それじゃあ――」

「――そうだな志乃の言う通りにするか。といっても、いきなり教室で彼氏彼女の関係を見せつけるみたいなのは多方面に混乱を招きそうだから、徐々にだな」

「徐々に……じゃあ友達に付きあってるよって教えて広めて貰おうかな？」

「悪いな。俺は友達いないから志乃頼みになりそうだ」

「謝んなくていいよー。そもそも隠したくないって言い出したのあたしの方だしさ」

こうして話は纏《まと》まり、徐々に彼氏彼女の関係を広めていく方向で決まった。

2

さてそして――翌日の放課後。

バイトへ直行する志乃の背中を遠目に見送りつつ三代が帰ろうとすると、五人組のキラキラしたギャルな女生徒から声をかけられた。

三代にも見覚えがある五人だ。確か志乃の友達で、休み時間に楽しそうに話をしているのをよく目撃するのだ。

「ねぇ藤原《ふじわら》、ちょっと話いい？　本人から聞いたけど志乃と付きあってるんだって？　薄々そんな感じはしてたけど普通にビックリなんですけど」

志乃が交際の事実を友達に早速教えたのは予定通りだが、それにしても、ギャルたちの雰囲気がなんだか強張《こわば》ったように見える。

もしかすると『志乃に相応《ふさわ》しく無い』とでも思っているのだろうか、と三代が思わず鞄《かばん》を盾にして身構えるとギャルたちが一斉にため息を吐《つ》いた。

「……そんな野良猫《のらねこ》みたいに警戒すんなし。別に藤原にケチつけようとかそういうんじゃないから。志乃がいい男だと思って選んだんだろーから、それに文句は言わないって。そういうんじゃなくて、ちょっと困ってることあるから協力して欲しいなーって」

文句を言いに来たワケではないらしく、頼み事があるそうだ。三代は拍子抜けしつつも鞄を下げた。

「〝集まり〟っていうか〝食事会〟っていうかそういうのがあって、男の子もくるヤツなんだけど……前々から志乃も誘ってたのに拒否られてばっかでさ。特にここ最近は本当に取りつく島もなしなんだよね。彼氏作ってたんなら納得だけど。でも志乃の有無で全然違うんだって。志乃ブーストホント凄《すご》いんだから」

「うんうん。他校の男の子だけじゃなくて、大学生とかもめっちゃくるもんね。志乃の名前出すと」

「藤原は知らないかもだけど、志乃って学校の外でもフッツーに有名だから。モデルとかアイドルの勧誘とかもされてたし。まぁ志乃は断ってたけど」

芸能界からの勧誘は三代も初耳ではあるが、しかし、あれだけの美少女ならば何もおかしい話ではない。

「そ……そうだったのか」

「その反応やっぱ志乃がどんだけ凄いか知らなかったか。……そういうトコが逆に志乃にはよく見えたのかな」

「かもね」

「志乃と藤原の馴《な》れ初《そ》めは今かんけーないからひとまず横におこうよ。えーと、たんとー直入に言うんだけど、藤原も一緒に食事会に来てよってハナシ。そうすれば志乃もくるかなーってネ?」

「まぁ志乃ブーストをあともう一回くらいやりたいよね。本当に男の入りが違うからさ。……お願い」

そう言ってギャル五人が順々に三代に頭を下げてきた。

割と真剣な頼み事なのが態度から伝わってくるが、とはいえ正直言って彼氏としては受けたくない話でもある。

「お前らの言いたいことは分かったが、志乃は男が苦手なんだからそういう場に出すのもどうかと思うぞ。それに、彼氏も一緒にくるとか呼んだ男たちも怒るだろ。つまり大人しく諦め――」

「――待って。これはお互いに利益がある話なんだよ?」

「……へ?」

「まず、あたしらは男たちに『実は志乃には彼ピがいるから駄目。だから、あたしらの中から選ぼうねー』って自然に言えるワケ。そんで藤原も男たちの目の前で『俺が彼氏だぞ』って存在感見せつければ、志乃に寄ってくんなよってけん制になるじゃん? これは相互利益というヤツ」

その発想は盲点であり、一理あるかもしれないと三代の心が少しぐらつき始めた。すると、ここがチャンスだと言わんばかりにギャルたちが畳みかけてきた。

「結果的に志乃も喜ぶと思うよ? 皆もそう思うっしょ?」

「思う思う。他の男の前で堂々と『俺の女に手出すな……』とか態度で示してくれたらキュンキュンじゃん」

「志乃は結構本気で藤原に入れ込んでるっぽいし、そんなことされたらトドメになるね。一生離れられなくなっちゃうかも」

「ね〜。『もうあなたしか見えないのぉ』ってなっちゃうね」

「嬉しさが極限に達した志乃の可愛《かわい》い顔が見れるチャンスじゃん。乗るしかないでしょこの話」

そう囃《はや》し立てられ、なんだか三代もその気になってきた。自分に得しかない話のように思えてきたのだ。

「ところでさ……ちょっと藤原改造しない？　連れてくならもう少しカッコよくしたいじゃん。地味過ぎるんだよね」

それは突然にぴょこっと出ただけの意見であったのだろうが、ギャルたちは耳をぴくりと動かすと一人また一人と「さんせー」と賛意を示し、数秒も経《た》たないうちに全会一致で可決となった。

そういう方向にも話が及ぶとは思っていなかった三代は困惑したが、まず二人のギャルに両腕を絡《から》めるようにして組まれ、残りの三人に背中をぐいぐい押されて逃げ出すのが非常に難しい状況になった。

「じゃーいこーか」

「ね。善は急げ〜」

三代はなんとか抵抗を試みるが、

「ま、待て！　改造がどうとか急に言われても――」

「――カッコよくなったらぁ……志乃も喜ぶと思うけど？」

耳元でボソッとそんな甘言を囁《ささや》かれ、急にふっと力が抜けた。

志乃が普段こちらの格好などに何も注文をつけず、素のままを好きでいてくれているのは三代も感覚で分かっている。

だが――だからといって、全く不満がないとも限らないのだ。もうちょっとカッコよくなってくれたらな、と思っている可能性もあるのだ。

三代の心の奥底で燻《くすぶ》っていたそんな不安がくすぐられた。志乃と違ってこのギャルたちはだいぶ異性慣れしているらしく、どう言われたら男心が揺れるのかを理解しているようだ。

「お金はあたしら出すから気にすんなし」

「まーそれぐらいはね？」

「しょーがない」

「私たちが決めたことだしねぇ」

「ね」

そんなお膳立てもされてしまったことで、気がついたら三代はゆっくり頷《うなず》いていた。

3

さて、まず最初に三代が連れて行かれたのは美容院だった。

髪形は今まで特に気にしたこともなかったが、それでも普通の範囲内ではあるだろうと三代は思うのだが……これでは駄目らしい。ギャルたちはスマホで美容院を調べると、手当たり次第に即日予約ができるかの電話を入れ始めて、ヒットした中からお洒落《しゃれ》そうなところを選んでいた。

三代は一度も来たことがないお洒落な美容室空間に気後れしながらも案内された椅子に座る。担当になってくれる美容師がまもなくしてやってきたが――地味めな男の子がギャル五人に囲まれている異様な光景を見て、その頰を引き攣《つ》らせていた。

「き、今日はどんな感じにしたいのかな？　特に決まってないなら、この中から選んで貰《もら》うのでも大丈夫だけど……」

だが、美容師は明らかに戸惑いながらも、決して周りにいるギャルたちについては触れてこなかった。職業柄なのか雰囲気を読むのが得意なようで、気にはしながらもスルーして髪形のカタログを三代に渡してくれた。

とりあえず三代はカタログを開いて眺めるが……

「いただきっ」

「ちょ、おまっ」

「いいからいいから」

「ね。選んであげる」

……カタログをギャルたちに奪われてしまった。どうやら髪形を選ぶ決定権を三代には与えないつもりのようだ。

「お、俺の意見……」

「どの髪形が似合うか自分じゃ分からないもんだよ？」

「任せとけー」

「そーそーここはあたしらの出番」

ギャルたちはそう捲《まく》し立てると、髪形を変更させられる当事者である三代を放置してあーだこーだと議論を交わし始める。

「んーどれがいいかな？　サイドがっつり刈り上げて、男らしいツーブロのこれとかどーのが可愛いもん」

「ダメダメ〜。藤原はそれより、こっちの麦茶風王子ボブマッシュの方がいいよ。こっち

「えー？　そういうのより、海外男子っぽいこのスキンヘッドがいいなー」

「うわ出たよハゲ好き。ってかハゲはあんたがよくても志乃が怒るでしょ。たぶん。……これがいいと思うな。パーマ入れてるこのウルフよくない？　こういうの好きなんだよね」

「古いのはなしでしょ」

「えーじゃあなにがいいの？」

「そうだねぇ……流行《はや》りで色気もあるセンターパートがいいんじゃない？　似合うかどうかは分かんないけど、物は試しって言うし」

なんだか玩具《おもちゃ》にされているような流れだ。

このままだと嫌な結果になる予感がした三代は、『面白半分で決めるのはやめてくれ』と目で訴えた。

ギャルたちは意外とすぐに三代の訴えに気づいてくれたが、しかし、悪いと思っていそうな態度は一切取らなかった。

「ま、一番重要なのは志乃が喜ぶかどうかだよね」

「最終的にはそこだよね」

「ん」

「意義なし」

「好き勝手言ってゴメンね藤原」

心が籠もっているとは全く思えない軽い反省と謝罪だが、変な理由で髪形を決められるのだけは避けられたのだから御の字だ。

「でも志乃の好み……好み……どんなの好きなんだろ？　誰か分かる？」

「わかんない。だって、志乃ってどんな男がいいかって話になるといっつも逃げてたじゃん」

「志乃は男の話題から逃げがちだから誰にも好み分からないでしょ。いつまでも男が苦手って言ってらんないと思うけど……いや、彼氏作ったんだから男への苦手意識も減ったのかな。まぁとにかく藤原みたいなのを選んだくらいだし、地味な感じが好きなんじゃないの？　爽やかで落ち着いた感じでって頼めば、あとはいい雰囲気に仕上げて貰えるでしょ」

「なにそれだいぶ適当ー」

「だってそう頼むしかなくない？　藤原にも今さっき睨《にら》まれたばっかだし。自分の彼氏なら問答無用で実験台にするけど」

「そりゃそうだけど……っていうか、自分の彼氏なら実験台にしてもいいってのもそれはそれでヤバい発想くない？　あんたと付きあう男が可哀想《かわいそう》っていうか、そんなんだから男が寄ってこないんじゃない？」

「火の玉ストレートやめて？」

「直撃ウケる」

「喧嘩《けんか》売られてんじゃん」

「ハイ、ハイハイ、ちょっと待って待って、うちらまた藤原を置き去りしそうになってる。話を戻すよ？　それで、爽やかで落ち着いた感じってのは、まぁ志乃も満足する確率高そうな気はする。藤原もだいじょーぶかな？」

それが一番無難に済みそうであるし、何よりまた玩具にされそうになる流れになっても嫌なので、三代は即決で了承すると同時に即座に美容師に注文を伝えた。

「爽やかで落ち着いた感じで」

「……なるほどね。了解」

苦笑しながら頷いた美容師は手際《てぎわ》よく仕事を始めた。瞬《またた》く間に爽やかさと垢《あか》ぬけた感が強調され、シルエットだけならそう大きく変わらないにも拘《こだわ》らず、三代は今までとは明らかに違う自分になった。

仕上げに整髪料を使われ頭から柔らかく良《い》い香りが漂い、お陰で空気というか雰囲気も随分とよくなっている。

「終わったよ。厚みをスッキリさせる為《ため》にツーブロックを入れてるけど、無理に見せつけでもしない限り分からないくらいだね。あくまで厚み抑える為だけだから。それと今の状態が正解ってワケでもなくて、自分なりに工夫して遊べる余地も残してるよ。そういう髪形。あとは……ワックスにDEUXER3を使ったけど、無理に使わないでもそれっぽく見えたりもするようにしてあるからね。学生さんはあんまりお金ないだろうし。……こんな感じでどう？　落ち着いた爽やかさにドンピシャだと思うけど」

色々と細かくやって貰えたらしいが、言われていることの大半が三代にはよく分からなかった。

ただ、手入れをあまりしなくても構わないそうなので、理解できなくても問題はなさそうだ。

「あ、ありがとうございます」

「気に入って貰えたならよかった。君って結構地味な顔だけど、かといってそんなに悪くないしイイ感じだよ。カタログとかに載せても違和感なさそうだし──そうだ気が向いたらまたうちにきてよ。カットモデルにしてあげる」

単なるお世辞であっても褒められると嬉《うれ》しくなるもので、三代は照れながら頰を搔《か》いて立ち上がった。

すると、なぜかニヤついているギャルたちと目が合った。

「な、なんだよお前らのその顔は。別に変じゃないだろ」

「え？　あー……まぁ変ではない」

「変というか……これは……ねぇ？」

「志乃もしかしてこれ分かってたのかなー？」

「アレはそこまで考えるタイプじゃないでしょ」

「だよね。絶対志乃はこれ知らなかったと思う。イイ勘もってるぅ」

なにやらギャルたちの様子がおかしいが、その理由を三代は問いただせなかった。駄目出し箇所があるから、なんて理由だったら嫌だからだ。

三代は一足先にそそくさと外に出る。

「はぁ……」

思わずため息が出た。ただ座っていただけなのに妙に疲れた。早く帰りたいものだが……改造はこれで終わりではないのだ。

三代はこの後もギャルたちに服や靴選びに連れ回され、気づけば二十時も半ばになっていた。随分と長くかかったが、しかしそのお陰もあって、三代は一見すれば何かの雑誌にでも載っていそうな感じになるまでになっていた。

「よし！　改造終わり！」

「う〜ん。普通にカッコいくなったね」

「個人的にはもうちょい派手なのが好きだけど……」

「それはあんたの好みでしょ。それにしても、志乃をちょっと裏切りたくなってくるレベルになったった。どこにでもいそうなんだけど、いざ探すとなると中々見つからないタイプだよね藤原って。性格も悪くなさそうだし」

「気持ちは分かるけど、やめとこうそれは。人として」

ギャルたちが口々に最終的な評価を述べてくれていたが、三代はそれよりも志乃のことが気になり始めていた。

時間的に、志乃はバイトを終えてマンションに向かっている頃だ。つまり、三代が家に帰ればすぐに今の自分を志乃にお披露目することになる。

（俺……悪くない方向に変わったよな？　志乃も喜んでくれるかな？）

そんな逸《はや》る気持ちを三代が抑えていると、

「ねぇねぇ藤原。実はあたしらさっき志乃に連絡入れたんだ。『あんたの彼氏改造しといたから』ってね。そしたら丁度バイト終わったとこらしくて、すぐこっちにくるってさ。……ほらきたきた」

いつの間にか志乃を呼んでいたとギャルたちから聞かされ、三代は慌てて周囲をきょろきょろと見回した。

すると、遠くから息を切らしながら走ってくる志乃が見えた。志乃はあっという間に目の前までくると、勢いよく三代に抱き着いてきた。そして、瞳を潤ませながら、なぜか力任せに三代の頭をわしゃわしゃと掻きまわした。

何がなんだか分からないうちに、折角美容師にセットして貰《もら》った髪形がぐしゃぐしゃになる。

「し、志乃……？」

「だめー！　カッコよくなったら駄目！　他の女の子が寄ってきちゃう！　やだ！　みんなも勝手に人の彼氏を改造しないで！　前のままでいーの！　そのままでいーの！」

志乃は唇を震わせながらそう叫んだ。三代の見た目がよくなったことを喜んでいる様子は微塵《みじん》もなく、むしろその逆の反応だった。

他の女の目に留まる可能性の方を考えて怒っている。

なし崩しではあったが、それでも、三代は志乃に喜んで貰えるならと思い受け入れた改造であるのだが……半泣きにさせて機嫌も損ねた。

それが結果で、これは何気に付きあい始めてから初めての三代の失態であった。

「あ、あのさ」

三代が覗《のぞ》き込むようにしてそっと様子を窺《うかが》うと、志乃は柳眉《りゅうび》を逆立てて下唇を噛《か》んでいるところだった。

こんな時どうしたらよいか分からず、三代は一旦ギャルたちに目で助けを求める訴えを起こすが、ギャルたちは顔を逸《そ》らして絶対に目を合わせてくれなかった。

「いやー……志乃がこんな風になるなんて」

「ここまで惚《ほ》れ込んでるとは……想定外じゃんこれは」

「どうするー？」

「逃げるしかないでしょ！」

「「「さんせー」」」

あとはよろしく彼ピくん、とギャルたちは次々に三代の肩を叩《たた》くと全員人混みに紛れるようにして逃げた。一瞬だった。

「な、なんて無責任な……待て！」

三代は慌てて追いかけようとするが――志乃にぎゅっと袖を掴《つか》まれた。

「……どこいくの？」

「ど、どこって……」

「あたしを置いてくの？」

「そういうつもりじゃ……ただ……志乃にどう接したらいいか分からなくて……だからあいつらに聞こうと思って……」

「意味わかんない。あたしに聞けばいいじゃん。どうして欲しいか一番分かってるのは、他の誰かじゃなくてあたしだよ」

志乃の心を一番分かっているのは志乃自身。当たり前のことだ。だが、三代は慌てていたせいでそんな当たり前に気づけていなかった。

「彼氏なんだから、もっと自信持って『どうして欲しいんだ？』って聞いてよ。そうしてくれないと……嫌だよ」

「すまん……」

志乃の頬を伝う涙が、ぽたぽたと地面に落ちて弾《はじ》けた。本格的に泣かせてしまった。

「謝んないでよ……」

「分かった。……志乃はどうして欲しいんだ？」

慕る罪悪感に俯《うつむ》きながら、三代は素直に志乃の望みを聞くことにした。本人がそうして欲しいと言うのだから、そうするのがきっと正解だ。

「……ぎゅーして」

「へ？　ぎゅー？」

「抱きしめてってことじゃん」

「あ、あぁそういうことか」

三代は急いで志乃を抱きしめると、小さな子どもをあやすように優しく頭を撫《な》でた。

「……そんな風にされたら髪形崩れるし」

「す、すまん。じゃあ撫でるのはやめる」

「だめ」

「いや、だって髪形崩れるって今言っただろ」

「言うほど崩れないもん。っていうか、やめてって言ってないんだから、やめないで」

言葉の裏に隠された〝お気持ち〟を理解しろ、ということなのだろうが、なんとも難易度の高い要求だ。

だが、そんな要求に三代は文句を言わなかった。

一分二分と時間が過ぎていくにつれ、志乃は徐々に落ち着きを取り戻して泣き止《や》んだ。

「……他の女の子が近づいても、絶対にそっちに行ったらダメなんだからね」

志乃があらわにしたのは明確な独占欲。恋人としての立場を守りたい、という純粋なまでの欲求だった。

女心を弄ぶような男であれば、あるいはこうした言葉を言わせたことを誇るのだろうが、三代はそんな性格ではなく、ただただ申し訳なさを感じていた。軽率に動いたせいで志乃の感情を不安にさせてしまった、と。

「俺が他の女のところに行くとか行かないとか、そんな心配しなくていい」

「ほんと……？」

「本当だ。というか俺はぼっちだぞ？　モテない」

「ぼっちでも気にしない女は絶対いるもん」

「大丈夫だって。俺としては、そんな女が出てくるかどうかより志乃に捨てられないかの方が心配だ」

「……捨てないもん」

志乃は三代の胸にぐりぐりと顔をうずめた。そうすることで完全に安心したのか、志乃の雰囲気がいつも通りに戻っていった。

（よかった……。一時はどうなるかと思ったが、なんとか収まった）

三代は安堵《あんど》しながら志乃の頭をもう一度だけ撫でて、それから色々と今日の経緯をあーだこーだと説明した。全部だ。

「……俺としては志乃に喜んで欲しい一心だったんだ。お金もあいつらが出してくれるって言うしさ」

三代が顛末《てんまつ》を話し終えると志乃が呆《あき》れ顔になった。

「あたしを喜ばせたかったって気持ちは嬉しいけど……でも、ちょっと考えてみてよ。例えばあたしが『無理やり三代の男友達に拉致られて、でも途中から私もノリ気になっちゃった♪　意外と優しくされてお金も出して貰えて、そのお陰で可愛《かわい》くもなれたし三代も喜んでくれるよね？』とか言い出したらどう？　なんか嫌な気持ちになるよね？　ガッカリするよね？　もやもやするよね？」

全くもって志乃の言う通りであり、三代はぐうの音も出なかった。

あまりに異性にだらしなく、やられた方からすれば裏切られたようにしか思えず凄《すご》く嫌な気持ちになる行為をしていたのだ。

「確かに……同じことされたら、凄く嫌な気持ちになると思う」

「でしょ？　だから、そーいうのはもう〝めー〟だよ？」

「めぇー……」

「羊の鳴き声じゃなくて。今はふざけないで」

「分かってる。ごめんな……」

「うん。……あと、集まりだか食事会だか分からないけど、それは行かないからね。断るから」

志乃は大きなため息を吐《つ》くと、スマホを乱暴に耳に押し当てた。どうやら、憤《いきどお》りの矛先を三代ではなく自分の友達たちに向けるつもりのようだ。

恋人に第三者の異性が絡《から》む時——男女で反応に違いが出る、というのはよく知られた話の一つである。男は彼女に怒りをぶつける人が多く、女は彼氏よりも彼氏をかどわかそうとした同性に怒りを向けようとする人が多い、とされている。

志乃もまたその例外ではなかったようだ。

通話が繋《つな》がる前のコール音が繰り返される度に、志乃は段々と鬼の形相に近づいていった。なだめるべきか三代は悩んだが、ここで口を挟むと『どうして他の女を庇《かば》うのか』と言われそうなのでやめた。

それぐらいの空気は読めた。

――志乃どしたのー。

――何か集まりか何かあるみたいだけど、絶対に行かないからね！

――ありゃりゃ、だいぶ本気で怒ってるね。生の感情を伝えたくて、それで電話って感じ？

――グルチャで怒りぶつけてもスルーするでしょどうせー！　人の彼氏を玩具《おもちゃ》にして、そのうえダシに使ってあたしを連れ出そうなんて、人の心ってもんがないの？　反省してよ！

――藤原のやつ理由をチクりやがったな……。

――三代は何も悪くないんだから！　悪いのはそっちでしょ！　たぶらかさないでよ！

――別にたぶらかしては……。

――は・ん・せ・い！

――は、はい。

――全くもう。

――……まぁその……うちらも彼ピ欲しくてさ。

――彼氏欲しいなら努力しなよ。あたしも努力したんだから。

――それは分かってんだけどね。どうにも。それにしても、志乃相手に努力させるって中々凄いね藤原。大体は男の方から跪《ひざまず》くのに。

——……からかわないで。それじゃあね。

——ん。

志乃は乱暴に通話を切ると、三代の服の袖をくいくいと引っ張った。

「ど、どうした？」

「気分直したい」

志乃は顔を上げると目を瞑《つぶ》った。言葉にしなくても何を望んでいるのか察してね、と訴えている。

正解はすぐに分かった。キスをすればいいのだ。それで全部水に流すから、と志乃は言っているのだ。

三代は瞼《まぶた》を閉じると唇を重ねた。

「……んっ」

吐息混じりのなまめかしい志乃の声は、もう何回も耳にしてきたものだが、それでも何度も聞きたくなる不思議な中毒性を持っている。

（あともう少しだけ……この声を聞きたい）

そんな欲望に負けて、時間を数えるのも面倒になるくらい唇を触れ合わせていると、志乃が苦しそうにしながら両手でぐいっと三代の体を押した。

「も、もー満足！　確かに雰囲気で誘ったのあたしだけどさ、普通こんな長時間する～？」

「……駄目か？」

「ダメじゃないけど、加減ってものがあるでしょ」

「それはその、あれだ、聞きたくなったからだな」

「……聞きたくなった？」

「志乃の吐息が可愛いから、何回も聞きたくなったんだよ」

三代が鼻の頭を掻《か》きながら言うと、志乃は途端に顔を赤くした。三代は自らの欲求を面と向かって口に出すことが少なく、そのせいで今の一言が予想外に志乃に効いてしまったようだ。

「そんなこと言われたって……は、はいはい！　言いたいことは分かりました！　分かりました～！」

唸《うな》るように言って志乃はすたすたと歩き出すが、前方不注意にて電柱に頭をぶつけて「ぐえっ」と女の子らしからぬ声を出した。

初めて見るタイプの志乃の動揺の仕方に三代は思わず笑ってしまいそうになるが、面白がるのも意地が悪いので、笑う代わりにすぐに後を追いかけて手を握った。

「な、なに？」

「手繋いでいた方がいいだろ。フラフラしてたぞ。車にでも轢《ひ》かれたらどうするんだ？」

「……あのね」

「うん？」

「好き」

志乃はそう言って振り返った。

満面の笑みだった。

志乃が感情も表情も豊かであるのは三代も分かっているのだが、それでも不意打ちはドキリとした。

「……」

「急に黙ってどーしたのかな？」

「……別になんでもない」

「黙った理由を当ててあげよーか？　……ドキっとしたとか？　実はちょっと狙ったからね」

今の『好き』はわざとだそうで、三代は見事にそれに引っかかってしまった。

恋愛には主導権というものが存在するが、それは誰もが自分が握りたいと思う手綱で、
実は三代も主導権を手元に置きたいと思ったりしている。

だから、志乃を動揺させたのはよい機会ではあったのだが……しかし、すぐさまに不意打ちで情勢をひっくり返されてしまった。

主導権はいつも志乃の側にあって、三代が握れる日は訪れそうにもない。

だが、三代も完全に諦めるつもりはなく、今の不意打ちは効いていなかったアピールをする為《ため》にとぼけた。

「いま……何か言ったか？　よく聞こえなかった」

「え？　いやだから——」

「——うん？　よく聞こえないんだが？」

「え、えぇ……？」

「Sory、悪いが聞こえない。バナナが耳に入っててな」

「凄い強引にペース奪おうとするね。っていうか『バナナが耳に入っててな』って何それ。まぁ三代が変なこと言うの今に始まった話でもないけど。……ところでさ」

「うん？」

「明日って学校終わってからすぐに何か用事とかある？」

「なんだ急に」

「あたしたちが付きあってるって事実、周りに広めてくって方針じゃん？」

「……それがどうかしたか？」

「あたしのバイト先にこない？　バイト先で紹介したら、そこからも広がっていくと思うんだよね。本当はあの子たちにやって貰《もら》うつもりだったけど、勝手に人の彼氏をイジくりまわそうとしたり……なんかこう、頼むとロクでもないことになる予感が凄いするから、あんまり頼みたくない」

志乃なりに友達たちに対しての溜飲《りゅういん》を下げているのは確かなのだろうが、だからといって抱いた怒りの全てを忘却できたワケでもなさそうだ。

まぁそれはともあれ、交際関係を校外にも周知させること自体は、三代がギャルたちの話に耳を貸すことになった理由の一つでもあった。だから、特に反対する気も起きなかった。

「そういうことならまぁ」

「おっけーでいいの？」

「別に構わないぞ」

「ありがとー！　それじゃあ一緒に行こうね。明日だからね？」

「分かった」

明日、三代は志乃のバイト先に行くことになった。

4

次の日。三代は時間が過ぎるのをいつもより早く感じた。慎《つつ》ましくいつも通りに授業を受けているとすぐに放課後になった。

「……以上だ。ハイ解散。散れ」

担任教諭の中岡《なかおか》がホームルームの終了を告げ、けだるげに欠伸《あくび》をしながら教室を出て行った。クラスメイトたちも各々《おのおの》部活であったり委員会であったり、やることがある子たちから抜けていった。

三代も鞄《かばん》に教科書を詰めたりと返り支度を始めた。すると、後ろの席の志乃が三代の襟を摑《つか》んでぐいっと椅子ごと引き寄せた。

「――おふっ」

「放課後！」

ズズっと椅子が床を引きずる音が盛大に響き渡り、まだ教室に残っているクラスメイトたちの注目が集まった。

三代も何事かと瞬《まばた》きを繰り返しながら志乃を見る。

「放課後だよ～。覚えてるよね？」

「……昨日したばかりの約束を忘れるわけないだろ。志乃のバイト先に一緒に行くって話ちゃんと覚えてるぞ。ただ、まだ学校じゃ全然俺たちの関係知られてない状況だし、とりあえず別々に学校の外に出てそれから……」

「それじゃあいこー！」

志乃は強引に三代の手を引いて進みだした。

学校の関係者で二人の関係を正しく把握しているのが志乃の友達たちと担任の中岡だけであることもあって、それ以外から当然のごとく注目を浴びた。

ただ、以前に志乃が指摘した通りに、少なからず勘付いていた者もいるようで『やっぱり』と言った声も一部聞こえてきたが……。

――ねぇあれ。

――マジか……。

──まぁあいつら前からちょくちょく噂《うわさ》立ってたしな。

──それって勘違いだったかもって話じゃなかった？　だから噂も結構早く消えたじゃん。

──そうだけど、でも怪しい感じは続いてたよ。だってあいつら、たまに見つめ合ってたし。それも一回二回の話じゃなくて何回もな。

──たまに見つめ合っているのを何回も見た……？　なんでたまにしか起きない出来事をあんたがそんな目撃してるの？

──俺好きだったんだよ結崎《ゆいざき》のこと。だからずっと見てた。嫌でも分かった。俺だけじゃねぇからな。結崎のこと見てたヤツ。

──ずっと見てたって……それが他にもいるって……何この学校ストーカー多いの？

──あの男の子、結崎さんと同じクラスの藤原くんだっけ？　地味だからすれ違ったことがあるかも覚えてないけど、ちゃんと見ると結構カッコいい男の子だね。

──藤原って凄《すご》く優しいらしいけど……ってそれは結崎さんが言ってたんだっけか。一番最初に噂出た時にそんなこと言ってたとかって聞いたような。まぁ、隠れた優良物件を捕まえたと。

何を言われているのかは察しがつく。『あの二人……』的なことだ。

「学校でも実際に仲を見せつけた方が確実に徐々に広まるかな……なんてね。本当はもう我慢できなくなっちゃった。あと、主導権はあたしの方にあるって三代にも認識して欲しいしねー」

志乃はちろっと舌を出して悪戯《いたずら》な笑みを浮かべた。三代は呆気《あっけ》に取られながらもすぐに状況を理解した。

要するに、志乃は三代のやり方をまどろっこしいと言いたいのだ。そして、恋人関係における主導権を握っている自分がそれを修正する権利がある、とも言っている。

かなりのワガママを押し通されているワケだが、ここまで堂々とされるといっそ清々《すがすが》しくて三代は文句を言う気にもならなかった。

昇降口を抜け、校門を抜け、歩道に出る。そして、志乃に手を引かれるがままに三十分ほど進むと街の中心の少し外れの区画に着いた。

繁華街からは離れているが、人通りがそこそこある場所だ。

「あそこだよ」

志乃が指差したのは落ち着いた雰囲気のアンティーク調の外観のカフェで、あそこがバイト先のようだ。

（なんか……いかにも女性が好きそうな雰囲気だな）

なんだか三代には嫌な予感がしてならず、それは残念なことに当たってしまった。店内に入ると客も従業員も全員が女性のみだった。

ふいに視界に入ったカウンター脇に置いてある黒板には、デフォルメした可愛《かわい》い動物の絵と一緒に『毎日レディース三割引きだよ♪』なんて書かれている。

「凄いとこだな……」

「そう？」

「女しかいないぞ」

「そりゃあたし男の子苦手だし」

一緒にいると勘違いしそうになるが、志乃は基本的に男が苦手なのだ。こういう女性比率が高いところをバイト先に選ぶのは当たり前ではあった。

だが、理解はできるが、圧倒的なこのアウェー感に三代は気遅れした。

「あそこの奥の席に座っててね」

志乃はそれだけ言って、立ち尽くす自らの彼氏を置いて、従業員専用と書かれた扉の向こうへ消えてしまった。

とりあえず……三代はそそくさと移動する。途中で女性客に訝《いぶか》しげに見られもしたが、

「あっすみません」と頭を下げて切り抜けた。

そして、

「……ん？」

席に座ると同時に視線を感じ、三代はきょろきょろと周囲を見回した。

そして、先ほど志乃が入っていった従業員専用の部屋の扉の隙間から、何人もの女性従業員がじーっとこちらを見ているのに気づいた。

──志乃ちゃんが彼氏連れてきたって言ってるけど……アレ？

──あの席って志乃ぴ言ってましたし、そうなんじゃないですかぁ？　んでもちょっと肩透かしかも。ああいう影薄そうなのだとは思ってなかったですよ～。

──地味だけど可愛い男の子じゃん。影が薄いってのは、それはあんた自分の濃過ぎるキャラを基準にしてるからじゃないの？　ぐりぐりの縦ロールっていうかチョココロネっていうか……その髪形強烈過ぎるわ。

──ひどい！　チョココロネじゃないもん！　この髪形可愛いもん！　毎日セットに一時間はかかってるんだよ！　ぴえぇぇぇん！

──この子の髪形イジるのはやめなって。すぐ泣くんだから。

——ごめんごめん。その髪形可愛いね。

——……うん。

——まぁでも、志乃ちゃん自身が意外と真面目な子だから、それ考えるとああいう男の子を選ぶのは必然なのかもね。

——それは確かにー……って、げっ副店長いつのまに……。

——なによ。文句ある？

——ナイデス。

——ならよかった。さぁ早く誰か彼氏特典持って行ってあげてね。

——行けチョココロネ。可愛いから行け。

——うう……だからチョココロネじゃないのに……っていうか本当に可愛いって思ってますぅ？

——思ってるから行けって。

物理的な距離があるので何を言われているのかは分からない。しかし、それでも好奇心を持たれているのだけは三代にも分かった。

恐らく志乃が三代の存在をもう教えたのだ。それで興味本位で観察に出張ってきた、というところだろうか。

（ジロジロ見るのをやめて欲しい……とは言いにいけないな。あの人たちは志乃の同僚だしな。俺が面倒な性格の男だとでも思われたら、志乃がこの職場に居辛《づら》くなるかもしれないからな）

三代はただただ無心を貫くことに決めた。すると、何用なのかチョココロネみたいな髪形のホールスタッフの女の子が近づいてきた。

三代や志乃と同じくらいの歳《とし》に見えるその女の子は、テーブルの上に小さいケーキと紅茶をそっと置いた。

「は、は～い。これどうぞです～」

頼んだ覚えがないものを差し出されて三代が軽く困惑していると、女の子はトレイで顔を隠しながら媚《こ》びるような声を出した。

「志乃ぴの彼氏くん……で合ってますよねぇ？」

「そう……ですが……ところでこのケーキと紅茶は？」

「これ彼氏特典なんですぅ～。従業員の彼氏に一日一回限定で無料でお出ししてるんです」

「は、はぁ」

「それで志乃ぴとのこと色々と話を聞きたいんですケド……あぁいやダメダメ、こういう出歯亀《でばがめ》みたいなことしたら怒られそーだし……まぁ志乃ぴがすぐ紹介してくれることになってますし、それまで待ちますね。それじゃあです」

女の子は矢継ぎ早にそう言うと、トレイで顔を隠したまま「ひゃ～」とパタパタ小走りで去っていった。

何だかよく分からない子だったが、それはともかく、ケーキと紅茶は彼氏特典とやらで無料だそうなので頂くことにした。

ケーキも紅茶もそこそこ美味《おい》しかったこともあり、すぐに半分が胃に収まる。

と、そこで志乃がやってきた。

先ほどのホールスタッフと同じ制服に着替えており、白いシャツに三角巾、それと店のロゴが入ったどこにでもありそうな落ち着いた雰囲気のベージュのエプロンドレスだ。

ひらひらしているような可愛さ重視だったり、男性客を想定した店にあるようなきわどいものではないごく普通の制服だが、志乃が着ると凄く可愛く見えた。

「えへへ……。初めてこの格好見せたけど、どうかな？」

「似合ってる」

「やったー！」

志乃は両手を上げて喜ぶと、すぐさまに手隙の同僚に声をかけて集め、ニコニコと嬉《うれ》しそうに紹介を始めた。

「こほん。……お待たせしました。それではみんなに改めて紹介します。この人があたしの彼氏の藤原三代です」

集められた志乃の同僚の女の子たちは、一斉に『おお～』と声をあげると、待っていましたと言わんばかりに次々質問をぶつけてきた。

「藤原くん、ねぇねぇ、どんな経緯で付きあうことになったの？」

「どこまでいったのかな？　もうキスくらいは済ませた？」

「告白はどっちからですかぁ～？　それとも気づいたら付きあってたな流れです？　すっごく知りたいです～！」

一気に複数人からぐいぐいと迫られて三代は「うっ」とのけぞる。思わず志乃に助けを求める視線を送った。

切な想《おも》いはきちんと届いてくれたようで、志乃はウインクで返事をするとパンパンと手を叩《たた》き、

「みんな落ち着いて～。一つ一つあたしから説明しましょー。まず最初に好きになったのはどっちかって話だけど、これはあたしから」

「ってことは攻めたのも志乃ちゃん？」

えっへん、と志乃が胸を張ると、女の子たちが一斉に瞳を輝かせた。

「勇気あるな～。私も彼氏いるけど、自分から言うのはなんかモヤモヤするから、無理やり言わせるように仕向けたもん」

「男の子って意外と臆病だから、中々言わないんだよね。ハッキリ言ってくれないかなぁとか思ってるうちに、他の子に盗《と》られたりもあるから、そんなことになるくらいなら気持ちはさっさと伝えた方がいいのは分かってるんだけどさ」

「ぴえ～いいなぁ私も彼ピ欲しい～」

「なるほど志乃ちゃんからか……——よし、人生の先輩兼副店長の私がここで一言。志乃ちゃんから告白したのはいいと思う。女の子だからって待つのだけが正解じゃないからね。それで藤原くんの方は……告白された側だからといってそれに甘えないように。『好きになったのは俺じゃないし』みたいなことを言わないように。告白をされたことに対して責任があるからね。好きだから告白を受けたってことでしょう？　なら、言わせてしまったというのは鎖だよね。志乃ちゃんに尽くしていかないとね」

「告白された側に責任があるって、それじゃあ言った側の責任はどうなるんですかねぇ。……そんな考え方だから未《い》だに彼氏がいないんだよ」

「何か言った？」

「え？　何も言ってないですよ？　気のせいじゃないですか？」

「そう？」

「私聞いてたです～。悪口でしたよぉ？」

「え？」

「げっ」

「副店長は面倒くさい女だそうです～。お小言ばかりでウザくて、そんなだから本当の愛を知ることもできないし、休憩時間にため息吐《つ》くのも威圧されてるみたいで嫌だからやめて欲しいとかなんとか～」

「言ってない！　そこまで言ってない！　それほとんどあんたが思ってることでしょ！　このくそチョココロネ――あぁ副店長やめてください、その怖い顔」

いつの間にか三代のことはそっちのけで内輪の話になっていたが、志乃が苦笑しているのを見るにこれがいつもの光景のようだ。

まぁ大人数に囲まれ話題の中心に置かれてあーだこーだと言われるのは三代も苦手なので、助かったと言えば助かった。

そうこうしているうちに、キリがいいところで志乃も他の子たちも持ち場に戻り始めた。

時間が少しずつ過ぎて夕日が落ちる頃になると、徐々に客足が増し始めた。オフィス街から出てきたであろうスーツ姿のＯＬがどんどん席を埋めていった。

（そろそろ帰るか……）

もう彼氏特典のケーキも紅茶もなくなっており、これ以上長居をしても無駄に席を占有する邪魔者だ。

三代は席を立ち志乃に一声かけて帰ろうとするが、姿が見えず捕まえられなかったので、仕方なく近くにいたホールスタッフの女の子に伝言を残すことにした。

「あの……すみません。俺もう帰りますので、志乃によろしく言っていたと伝えて貰《もら》えないかと」

「え？　ちょ、ちょっと待って彼ピくん。志乃ちゃん今バックヤードにいるから」

「呼ばなくても大丈夫です」

「違う違うそうじゃなくて、志乃ちゃん今帰り支度してるから、そろそろ出てくるから待ってあげて」

三代が「えっ？」と声を上げると、学校の制服に着替えた志乃がバックヤードから出てきた。

「まだバイトの時間じゃ……」

今は十八時を少し過ぎたくらいだが、志乃はいつも二十時半くらいまで働いているので二時間以上も早い退勤だ。

「一緒にかえろ」

「バイトもういいのか？」

「今日はもう上がりでいいってさ。『バイト代はいつも通りの時間働いたってことにしとくから彼氏と一緒にいなさい』って副店長が言ってくれたー。今から少し忙しくなる時間帯だけど、ゆっても平日だからなんとかなるって。……まぁ注意もされちゃったけどね。特典も迎えにきてくれた彼氏の待ち時間を潰して貰うためのサービスだから、次からはバイトが終わる頃にきて貰うようにって」

「……そっか。それじゃあ、これからは志乃のバイトが終わる頃に迎えにくるようにしないとな」

「……迎えにきてくれるの？」

三代はごく自然に頷《うなず》いた。彼氏として当然の行いだからだ。しかし、そんな当たり前のことでも志乃はとても喜んだ。

「ありがとー！」

そう言って志乃は腕を絡《から》めてきた。勢いがよすぎて、腕が胸に当たり……その柔らかい感触に思わず三代は鼻の頭を掻《か》く。

男の子は女の子とはまた違った意味で摩訶不思議《まかふしぎ》な生き物と言える。相手が彼女であっても、予想外の部位に触れた時に気恥ずかしさに支配される時がある。

「そ、それで、今日はこれからどうする？　行きたいところとかあるか？」

「行きたいところ……それなら紅葉が見たいかな？　記念公園でいま紅葉がピークってスマホで調べたら出てきたんだよね。秋デートの定番！　だってさ」

「じゃあそこ行くか」

記念公園など三代は一度も行ったことがない場所ではあったが、意外と近くにあった。歩いてほんの十分くらいの場所だった。

「うわーすごーい！　綺麗《きれい》」

園内に入ると同時に、志乃は歩くペースを落とし、明かりに照らされた立ち並ぶ紅葉を見て瞳を輝かせる。深い色づきになり始めているイチョウやもみじは鮮やかで、ひらひらと舞い落ちる葉が強い季節感を抱かせた。

ふと、二人は立ち止まった。太陽が完全に落ちると同時に、紅葉を引き立てるライトアップがパッと光ったのだ。

「ぴかぴかー」

「…ぴかぴかだな」

「……うん」

「……」

平日ということもあり園内の人影は少なくとても静かで、そんな雰囲気に合わせるかのように二人の口数もどんどん減った。

そのうちに交わす言葉が完全になくなったが、特に気まずくはならなかった。絡めた腕から伝わる温《ぬく》もりが、言葉よりもずっと雄弁に二人の絆《きずな》の深さを物語っていた。

と、ふいに志乃が欠伸《あくび》をした。

「ふぁぁぁ……」

「……疲れたか？」

「ちょっとね……」

志乃が瞼《まぶた》をこするとアイシャドウが少し崩れた。教えるべきだろうかと三代は悩むが、今ではなく別れ際《ぎわ》に伝えることにした。

「……ほら背中に乗れ。駅までおぶってやる」

「ん……」

志乃を背負って「よっこらせ」と三代が立ち上がると、バニラのような柔らかい匂いが鼻先を掠《かす》めた。すんすんと鼻をひくつかせて出所を探ると、それは志乃の手の甲からのものだった。

（……ハンドクリームの匂いか。もう秋だもんな）

空気が乾燥する季節であるからか、志乃も保湿に気を使い始めているようだ。

「……背負わせてごめんね」

「謝らなくていい。駅に着いたら起こすからそれまで眠ってろ」

「……あいがと」

背中に志乃の胸がぐにっと当たり、手のひらにはお尻の感触があったが、今度はあまり気恥ずかしさを感じなかった。すぅすぅと聞こえてくる寝息を耳元で捉える度に、ただただゆっくり休んで欲しいという想いだけが湧いた。

なるべく揺らさないように一定のペースを心掛けて歩くと、志乃も少しは休めたらしく、駅に着いて起こした時には顔色がよくなっていた。

「それじゃあまた明日な」

「うぃ。明日。……お別れのちう」

「分かった」

電車の到着放送のアナウンスが流れる中、お別れのキスをする。ちゅ、と唇が離れる音に幾らかの名残惜しさを抱きつつも、それから三代は志乃のアイシャドウが崩れていることを教えた。

「……ところで志乃」

「うん？　なに？」

「瞼が大変なことになってるぞ」

「え？　わっ、わわっ！　……ホントだ！」

志乃は鞄《かばん》から小さな鏡を出すと自分の顔を映してぎょっとなり、すぐさまにコットンを使ってアイシャドウを落とし始めた。

「やだぁ～……」

「記念公園で眠そうな顔してた時に瞼擦《こす》っただろ？　その時だな」

「おぶられる前じゃん！　その時に教えてよ！　あぁ～こんなの見せたくなかったのに……あーもう……どうしよう……もう一回塗るのも面倒だし……しょーがない、こうなったら化粧全部落とそ……」

志乃はすっぴんも可愛《かわい》い、というか、むしろ化粧をしない方が大人っぽくて綺麗だったりする。

それなのに、どうしてここまで化粧を気にするのか。

女の子は純粋に美を求めるよりも、自分が思う可愛いを表現しようとする傾向にある、というのは三代にもなんとなく察しはつくのだが、納得はしかねた。素顔が一番素敵なのであれば、そのままの自分を出せばよいのにと思うのだ。

とはいえ志乃が〝カワイイ〟に一生懸命なのは見ていて分かるし、頑張っていることは誰だって否定されたくないものだから、余計なことは言わなかったが……。

まぁ化粧前と後の二通りを楽しめる役得もある。下手に口は挟まず、こっそりと一粒で二度美味《おい》しいを堪能《たんのう》するのがよさそうだ。

5

志乃が乗った電車を見送ったあと、三代は自分自身も幾らか疲れていたことに気づき、家に帰ってすぐにお風呂《ふろ》に入った。

いつもよりも長めになってしまった入浴を終えると、体を拭いて頭を乾かし、リビングのソファに横たわる。徐々に睡魔に襲われるが、深夜アニメがあるのでまだ眠るわけにもいかなかった。

だらだらとしながら三代は放送開始を待ち、適当にテレビを眺めていると、番組と番組の間に挟まれる短時間の報道特集が映った。

『まだまだ秋の真っただ中ですが、一部では既にクリスマスに向け、慌ただしく奔走するところもあるようです。大切な人に日頃の感謝を伝え、贈り物を渡す絶好の日となるのがクリスマス。そんなクリスマスを裏方で支える方々を本日は取材してきました』

そういえば……あと二ヶ月もすればクリスマスだ。自分も何か用意する必要があるな、と三代は自然と思った。

だが、何を贈ればよいのか頭を捻《ひね》って考えても分からなかった。

志乃の性格を考慮すると、贈り物が何であれ喜んでくれるのは想像に難《かた》くないのだが、だからこそ悩んでしまっていた。

何を贈っても喜ぶなら適当に選ぼう、という無情な手抜きができるのならば楽だろうが、残念なことに三代はこういうのはキチンとしたがる性格だった。

「うーん……」

頭をわしゃわしゃと掻きむしる。悩めば悩むほど分からなくなってきて、ドツボに嵌《はま》る。

「まぁ……クリスマスまでは時間あるしな」

それは三代の経験則的なものから導いた答えだった。思考が沼に嵌っている時は一旦時間を置くのがベストだ、と。

無理に急いで今まで得をしたことは少ない。

小学生の時、遅刻しそうだからと焦《あせ》って走った時に転んで怪我《けが》をした。

中学生の時、深夜アニメを見る前にうたた寝をしてしまい、慌てて起きてテレビを点《つ》けようとリモコンを捜していたら踏んで壊してしまった。

だから、今日のところはひとまず置いて、次の日曜日にでも考えることに決めた。日曜日の日中は志乃もバイトを入れているので、三代には時間の余裕があるのだ。

『それでは皆さん、ご機嫌よう』

満面の笑みのキャスターの映像がCMへと変わり、それも終わると深夜アニメが始まった。もうそんな時間になっていた。

『はっじまるよぉ！』

今日の深夜アニメは学園ラブコメで、楽しそうな学園生活が描き出されていた。三代はなんとなく志乃に似ているキャラがいないか探した。

この作品もだいぶ話数が進んでいるのにそれっぽいのが一人も出てきていないのだから、探すだけ無駄な努力ではあるのは分かっていた。

謎の行動をしている自覚はある。

そもそも本人を見れば済む話であるし、普段キスなんかもしているのだ。二次元の世界にまで志乃を求める必要はないのである。

しかし、それでも求めてしまう自分がいた。

「残念……」

三代はため息交じりに深夜アニメを見終えると、もぞりとベッドに潜り込んだ。

10月27日～10月30日　プレゼントって迷うよね。

1

三代《さんだい》が登校すると、うざったいほどの視線を浴びた。志乃《しの》の行動によって隠していた関係性が一気に知れ渡ったせいだ。

もっとも、こうなる予想はついていたので、慌てたり戸惑ったりせず三代はスルーを決め込んだ。

一方志乃はというと、周りから見られているのを理解したうえで「それがどうしたっていうの？」と強気な態度だ。

ただ、それはそれで功を奏したらしく、詳しく話を聞こうと近づく者が現れなかった。堂々とし過ぎているせいで逆に声をかけ辛《づら》いのだ。

学校生活はこんな感じで、放課後も一度家に帰って時間がきたら志乃を迎えに行くというルーチンを追加したくらいである。

そうこうしていると時間は瞬《またた》く間に流れ、日曜日がやってきた。

三代はこの日、予定していた通りに志乃へのクリスマスプレゼントを考える時間を取った。とりあえずPCを起動すると、かたかたとキーボードを叩《たた》いて検索を始める。

十分……二十分。

それぐらいネットを巡っていると、彼女が喜ぶプレゼントが載っているサイトをいくつか見つけた。しかし、贈る物とその理由がサイトごとで大きく食い違っており、三代は首を傾《かし》げる。

例を二つあげると次のような感じだ。

――肌身離さず持っていられる小物がベスト。見る度に彼のあなたの顔を思い出しちゃう。好きな彼のことはいつも忘れたくないのが女心。使い切れるものを贈っちゃうと、中身がなくなるのと同時にあなたへの想《おも》いも空っぽになるので注意です。

――使い切れる化粧道具や肌ケア商品などがよいでしょう。物として残る小物の類いは地味に彼女も扱いに困ります。精神的に負担にならないプレゼントを用意してあげるのが思いやりのある男性です。

あるサイトでよしとされることが、別のサイトでは否定されている。全部そうだ。一体なにが正解なのか再び分からなくなってくる。

「……」

ちくたく、ちくたく、と時計の秒針が進む音が部屋に響き渡っていると、突然ドアホンが鳴った。

「誰だ？」

三代は考えるのを一旦止めて来訪者を確認する。すると、志乃の妹の美希《みき》だった。三代は慌ててエントランスに向かった。

「やっほーおにいちゃん」

「美希ちゃん、久しぶりだね」

「だね」

「一人できたの？　電車とか大丈夫だったの？」

「美希だって一人ででんしゃ乗るくらいできるよ。……それよりおへや入ってもいい？」

急な話ではあるが、一人でトコトコやってきた彼女の妹を追い返すわけにもいかないので、三代は部屋まで連れていくことにした。

「まぁ家に上げるのは別に構わないけど……」

「わーい！」

ニパッと笑う美希を連れて家の中に入ると、三代は冷蔵庫の中から缶ジュースを出して美希に渡した。

「はい飲み物」

「ありがとー」

「それで、美希ちゃん今日は一体どうしたの？　何か用事でもあったの？」

「りゆう？　特にないよ。なんとなく遊びにきてみたかっただけだよ」

確かに服装からしてそんな感じではあった。動きやすいオーバーオール。いかにも遊びにきましたといった雰囲気だ。

「そっか」

「うん。……って、おにいちゃんこれって」

缶ジュースをごくごくと飲む美希は、ふいに起動しているPCの画面を見た。

三代は一瞬ひやっとしたが、表示していた画面が全てプレゼント関係のものであることを思い出し、ホッと胸を撫《な》でおろした。

エロ画像や動画を表示していたら大変なことになっていた。そうならなくてよかった。

「……プレゼント？　おねえちゃんになにかあげるの？」

「うん？　まぁ……そうだね」

「なるほど。もしかしてだけど……おにいちゃん、おねえちゃんに何をあげるべきか迷ってる？　よし、ここは美希の出番だね。おねえちゃんが何をもらうと喜ぶか、おにいちゃんに教えてあげようかな」

三代は一瞬きょとんとするが、すぐに美希に助言を乞うのもアリだなと考えた。何せ美希は志乃の妹なのだ。志乃の好みも熟知しているに違いなかった。

「教えて貰《もら》えるのは助かるなぁ。確かに美希ちゃんの言う通りに困っていたからね」

「けっていだね。それじゃお店にいこうか」

「え、お店？」

「口でせつめいするより、直接見たほうがわかりやすいから」

「そういうことね。分かった」

三代がフムと納得すると、美希がにこにこしながら両手を差し出してきた。

「その手は……？」

「ただじゃ教えられないんだよね。わかるでしょ？」

そういえば美希はこういう子だった。以前にもゲームセンターで遊ぶためのお金を欲しがって志乃にねだっていた。

あの時は三代もお金をあげたが……ただ、それは何もできずに待たせるだけになるのは可哀想《かわいそう》だと思ったからであって、今回とは少々事情が異なる。

とはいえ、何かを手伝った対価にお小遣いというのも正当な主張ではあるので、特別に咎《とが》める気にはならなかった。

志乃が見ていたら多分怒るんだろうなぁと思いながらも、三代は美希に五百円玉を渡した。

「はい」

「五百円かぁ……」

「ごめんね。お兄ちゃんもお金持ちじゃないからさ」

「まぁ美希はやさしいから五百円でもしっかり教えるよ。でも……もしもおねえちゃんがプレゼントで喜んだら、成功ほーしゅうでプラスでちょうだいね。それぐらいは別にいいよね？　おねがぁい」

本当に口も頭も随分とよく回る子だ。最後にあざといぶりっ子も混ぜるところを見るに、将来かなり計算高い女になりそうでもある。

いずれ志乃と同レベルの美少女に成長した暁には、美希は自らの魅力が武器になることをすぐに理解し、生かす方法を考えるかもしれない。

男の子を相手に握手一回〇〇円、指を絡《から》めたら＋で〇〇円、などといった気持ちを弄ばれる被害者が続出しそうな商売を始めたりしなければよいが……まぁあくまでそういうことをする可能性がある、というだけの話だ。

決めつけはよくないし、そんなことはしない可能性だってあるのだ。疑うよりも信じる方がきっと大事だ。

しかし、

「そうだね、それじゃあ成功したら追加しようか」

三代のその言葉を聞いて美希がニタリと笑った。

（あれ……俺もしかして判断誤ったか？）

美希が駄目な方向に進むのを助長してしまった気がして三代は後悔しかけるが、しかし、遠い未来に餌食《えじき》になるのが自分以外の男性諸君なことにも気づいた。

（まぁ俺が被害に遭わないのであれば別にいいか……）

それは単なる開き直りではあるが、時にはこういう諦めも肝心なのだ。そういうものだ。

2

街に出てしばらく歩くと、ある店の前で美希が立ち止まった。

「ここでプレゼントえらぼーか」

「ここ……？」

三代は片手で日差しを遮りながら看板を見て——固まった。ランジェリーショップ、つまり女性用の下着を売っている店だったからだ。

「……」

「ん？　おにいちゃんどうしたの？」

「み、美希ちゃん、こ、このお店は女の子用の下着が売っている場所じゃないかな？」

「そうだね。それで？」

「それでって……その……」

「あぁそっか、わからないことも多いもんね。おにいちゃん男の子だから。まぁ安心していいよ。おねえちゃんがどんなデザインのが好きかとか、サイズとか、美希はいろいろ知ってるからね。……おねえちゃんきっと喜ぶよ。そこそこ下着に凝るタイプの女だから」

そう言われて三代が思い出したのは、以前に志乃が家に泊まりに来た台風の日のことだ。

あの時に志乃が洗っていた下着が赤色だった。

女性がどういう基準で下着を選ぶのか三代にはよく分からないが、赤が一般的に挑発的な色と言われているのは知っている。そういった色の下着を身に着けるくらいなのだから、何かしらの拘《こだわ》りを持っているという話は筋が通っているように聞こえた。

しかしだ。

そうだとしても、この店に入るのは勇気がいる。三代は冷や汗を掻《か》いて唸《うな》る。すると、美希が呆《あき》れ気味に肩を竦《すく》めた。

「おねえちゃんの喜ぶ顔が見たくないの？」

「それは見たいんだけど……」

「なら入るしかないよ。ほらほら」

「こ、心の準備が……」

「ほら！」

美希に尻をぐいぐいと押されて三代が入店すると、一歩足を踏み入れた瞬間に、周囲の女性客たちが一斉にこちらを向いた。とても気まずい無言と静寂に、三代は固まってしまった。

「な、何かお探しでしょうか……？」

頬を引き攣《つ》らせた女性店員がススっと現れ、話しかけてきた。明らかに不審者を見る目であったので三代は愛想笑《あいそわら》いで誤魔化そうとする。

「はは……」

「ど、どうされましたか？」

「……」

「お客さま？」

「……」

「お客さまー？　もしもーし……って、顔真っ赤」

なんと切り出せばよいのか分からず、右を見ても左を見ても女性用の下着ばかりの光景に、三代は恥ずかしくなって顔を真っ赤にしていた。

「お熱ですか？　氷でも持ってきた方がいいですか？」

「いや……その……」

「はい？」

「……」

三代は再び押し黙る。すると、美希が助け船を出してくれた。

「下着買いにきたです。このおにいちゃんはおねえちゃんの彼氏で、プレゼントです」

　それを聞いて女性店員はポンと手のひらを叩《たた》いた。

「そういうことでしたか」

　プレゼントを買いにきたのなら変ではないという反応を見て、三代はなんとか少し落ち着けた。普通に話ができるくらいの余裕を取り戻せた。

「あの……彼女へのプレゼントで下着を買いにくる男の人って、結構いるんですか？」

「いますよ」

「ならよかったです。変態って思われてるんじゃないかと混乱してしまっていて」

「え？　いやそれはそう思う方も多いかなぁとは思いますけど」

「え？　や、プレゼントで下着を買いにくる男性もいると今答えませんでしたか？」

「えーと、プレゼント用として下着をお買い求めになられる男性は、大体は贈る相手と、つまり彼女さんなり奥さまなりと一緒にきます。それ以外の方と……例えばこんなに小さい女の子と一緒というのはあまり見ない光景ですから。事情があるとしても、それは聞いて初めて分かることです。今回はお伺いしましたので私も安心しましたが、情報がないまま傍《はた》から見れば……その……ね？」

　女性店員は壁に設置されている緊急ダイヤルに繋《つな》がる受話器をちらりと見た。

酷《ひど》い誤解だが、客観的に見たら実際そう思われても仕方がないので、文句も言えなかった。

事案にならなくて本当によかった。

「それで……彼女さんの体形とか……要するに各種サイズとか分かります？」

「サイズ？」

「はい」

服の上から見た印象だけの漠然とした志乃の体形は分かるが、詳しくと言われると困った。三代はちらりと美希を見る。すると、美希はオーバーオールの前ポケットから手帳を出して店員に見せた。

ここは美希に任せた方がよさそうだ。三代は少し離れた柱の陰にこそこそ隠れ、遠巻きに様子だけ眺めることにした。

話はよく聞こえないが、中途半端《ちゅうとはんぱ》に近くにいて質問を振られても答えられないので、会話が終わるまではここを死守である。

——……スリーサイズはもちろん、ふともも、ふくらはぎ、にのうで、くびまわり、かたはば、頭の大きさまでバッチリです。

――へぇ……スタイルが良《い》いお姉ちゃんなのね。モデルか何かやってるの？

――モデルとかはやってないですけど、まぁ体と顔だけですよ。けーかいしんは強いけど頭はどっちかというと悪いし。

――容赦ない言い方……お姉ちゃんのこと嫌いなのかな？

――嫌いじゃないですよ？

――そ、そうなの？　えーと……とにかく、ひとまずここまで分かってるなら、フィッティングの心配とかなさそうね。それで、どういう感じのが好きなお姉ちゃんなのかな？

――ちょっと派手めの色と肌ざわりがいい生地が好きなのです。デザインはカワイイのがいいかもです。

――派手……肌触り……カワイイ……うーん、それならあっちのコーナーかな。

――わかりましたです。よーし、それじゃあおにいちゃんいこうか……って、あれどこいったのかな？

話が終わったようで、美希がきょろきょろと三代を捜し始めた。そして、柱の陰に隠れているのを発見して呆れ顔になっていた。

「いつの間にそんなところに……」

「ちょ、ちょっとね。話を振られても俺は答えられないしさ？」

「うわっ……なさけなさすぎるよ」

逃げた自覚は三代にもあったができれば言葉にして欲しくなかった。指摘されると心にグサリと刺さるのだ。

まぁ過ぎたことを気にしても仕方がない。

ともあれ「こっちだよ」と美希が移動を始めたので追いかけると、大人びた下着ばかりがある一角に到着した。

紫、赤、ピンクといった色合いかつデザインもえっちなものが多く、三代の頬が三度真っ赤に染まり両手で顔を覆うハメになった。

「おにいちゃんさぁ……ほら、どういうのがいいか選ばないと」

「み、美希ちゃんに選んで貰《もら》おうかな……」

「美希はアドバイスはするけど、決めるのはおにいちゃんじゃなきゃダメだよ？　おにいちゃんが選ぶから意味があるんだよ？　わかってる？」

それは正論だが、そうは言っても直視ができないのだ。

「……しょーがないなぁ。そうだねぇ、おねえちゃんが喜びそうだと美希が思うのは、こういうのかな？」

三代は両手の指の間に隙間を作ると、美希が手にした下着をちらっと見る。ギャザーレースのついた濃い桜色の透け透けの上下セットだった。

エロ可愛《かわい》いとかそういう系統の下着だ。

「それは……」

「おねえちゃんこういうの好きだよ？　サイズもF65でまちがいなし」

「……F？」

「あれ、おにいちゃん知らなかったの？　おねえちゃん脱ぐとそこそこ巨乳だよ」

美希曰《いわ》く志乃は隠れ巨乳らしいが、あながち間違ってはいなさそうでもある。志乃と美希が喧嘩《けんか》しかけた時に、ブラジャーに小玉メロンを乗せて云々《うんぬん》という話もあったような気がする。

それに、つい最近志乃をおぶったことがあったが、確かに感触が分かるくらいに存在感がある胸だった。

そう――大きいのだ。

そんな単純明快な事実に三代が今まで気づかなかったのは、抱いている志乃への好意の大部分が内面に対してであったからだった。

もちろん、男の子らしく女体への興味は当然あるが、それは自分なりに上手《うま》く抑え込んでいる。しかし、美希の説明のせいで、今まで釣り合いを取っていた理性の天秤《てんびん》が駄目な方に傾きかける。

「……想像してみなよおにいちゃん。この下着をつけたおねえちゃんのことを」

美希に言われるがままに想像してみると、勝手に鼻血が垂れてきた。三代は慌てて鼻を拭った。

（な、なんで鼻血……美希ちゃんに言われたから想像しただけで、別に俺はやましいことは何も考えてない……ない！）

そんなくだらない言い訳を心の中でしつつ、三代はぶんぶんと首を振って頭の中にいる下着姿の志乃を掻《か》き消した。

「おにいちゃん……ちょっとヘンタイっぽい顔になってたね。やばかったよ」

「そ、そんなことはないよ」

三代はコホンと咳払《せきばら》いで誤魔化し、努めて冷静な表情を無理やり作りあげた。

「美希ちゃんの気のせいだよ」

「そう？」

「そうだよ。それより……その下着は少し大人すぎる気がするな。お兄ちゃん的には」

「この下着どっちかとゆーとカワイイ系だし、そこまで大人っぽくないけど……おにいちやんがえっちな感じのもうそうしただけじゃ――」

「――と、とにかく。もっと普通のにしようか」

「じゅーぶんこれも普通だと思うけどね。見るひとの捉えかたのもんだいだよ」

そう言われると、この下着を選ばないことこそが自分自身の邪念を証明してしまっているようにも思える。

えっちな男、という烙印《らくいん》を押されるのは避けたかった三代は、しばし悩んだ末に美希が手にしている下着を購入することに決めた。

「……やっぱりお兄ちゃんもこれがいいかな」

「ころっころ変わるね？　言ってること」

「そんなことないよ。これは確かに美希ちゃんの言う通りにカワイイ系なんだろうし、志乃に似合うと思うんだ。そう〝カワイイ〟からね」

「……」

「その『うわぁ』って顔は何かな？　ねぇ美希ちゃん」

「……なんでもないよ。そうだね〝カワイイ〟からね、この下着は」

美希は色々と察してくれたようで、それきり突っ込むようなことを言わなくなった。空気が読める子だ。

三代が下着を手にそそくさとレジへ向かうと、先ほどの女性定員がカウンターに立っていた。他の店員だとまた変な目で見られて説明という流れになる可能性もあったのでよかった。

「あら……先ほどの」

「お会計お願いします」

「かしこまりました。……2万4580円になります」

「にっ？」

予想外の高額に三代は自分の耳を疑った。聞き間違いかと思った。

「……あの」

「はい」

「2万4580円？」

「そうですが」

どうやら聞き間違いではないようで、三代は開いた口が塞がらなくなった。

胸が大きい女性用の下着はそもそも種類が少なく、その中でもデザインがよいとなると特別に値が張るものなのだが――女の子のそうした特殊事情を三代は知らず、ただただ『なんでそんなに高いの？』としか思えなかった。

「いかがなさいましたか？」

「い、いえ……その……えっと……なんでもありません」

「それではお支払いを」

動揺しながら財布の中身を確認する。震える指先でお札を数えると、ギリギリ手持ちで足りる感じだった。

三代は一人暮らしゆえに親から毎月決まった日に生活費が振り込まれるが、それは普通に生活が送れる程度でしかなく、贅沢《ぜいたく》ができるほどではない。今回の出費はかなり痛く明日からの生活がキツくなるのを思うと気が滅入《めい》った。

しかし、これで志乃の喜ぶ顔が見れるのなら安いものだ、と三代は会計を済ませた。

後悔はなかった。

「ありがとうございます。お釣りこちらになります。ちなみに包装は……必要ですよね普通に考えて。プレゼントですものね」

「お願いします。クリスマスに渡そうと思っているので、それ用のラッピングにして貰えると嬉《うれ》しいです」

「クリスマス用だったんですね。今のうちから用意とは早いですねぇ」

「直前に慌てたくないので……」

「彼女さん大切に思って貰えて幸せですね。それでは少々お待ちくださいませ」

女性店員は隣のカウンターに移ると、慣れた手つきで包装紙をカットし始めるが……途中で自嘲気味に「ふっ」と笑うとぶつぶつと何か呟《つぶや》いた。

——……クリスマスプレゼントに下着ねぇ。『今日は聖夜じゃなくて性夜にしたいんだ』とかそういう感じ？　大人しそうな顔してるのにケダモノとか、えぐいわ最近の男の子。まぁヘタレよりはそっちのがいいけど。

よく聞き取れなかったが、何か不備があるのであれば直接言ってくるハズだ。そんなことよりも寂しくなった財布の中身の方を三代は見つめた。

（……バイトとかしたくなってくるな）

今回のような出費というのはこれから先も起こる。時間が過ぎるのもあっという間なのだから冬休みだってそのうちやってくる。その時に少し遠くへ出かけてみようという話になったりもするハズだ。

交際費があればあるだけ楽しめる範囲も選択肢も増える。その為《ため》なら、彼女との楽しいひと時の為なら頑張れる気がした。

今までぼっちで、人付きあいも得意ではない自分がきちんと働けるかは分からないが、それでもやってみようかなと思った。

三代は知らずのうちに自分の頬が緩まっていることにも気づかず、家に帰ると花柄の包装紙に包まれた下着をクローゼットに隠した。すると、美希がつんつんと三代の背中を指で突《つっ》いてきた。

「もうやることなさそうだし美希かえるね。いろいろ楽しかったし、まんぞくしたから」

どこに楽しい要素があったのか三代には見当もつかなかったが、ともあれ美希はもう帰るようだ。

「そっか。じゃあ駅まで送っていくよ」

「ありがとー」

「こちらこそアドバイスありがとうね。ところで……お昼はどうする？　あんまりお金ないけど安いところでいいならギリギリ出せるよ？　どこかで食べてく？」

「気もちはうれしいけど、じつはお父さんとお母さんにお昼には帰るっていってきたんだよねぇ。作ってまってると思うから」

「なるほど。元からお昼には帰るつもりだった、と」

「暗くなるまで外にはいないよ。いまの世のなか危ないひとも多いし、それに美希も一人ででんしゃ乗ったの今日がはじめてだし、暗くなって迷ったりとかするのも嫌だしね」

美希は危機管理がしっかりしているようだ。今回親から一人歩きを許された理由がなんとなく分かる。

「あー、あと……おにいちゃんにおねがいが一つ」

「おねがい？」

「美希が今日ここにきたこと、おねえちゃんにはナイショにしてね？　勝手にきたってバレたらすっごい怒られるから」

色々と今日助かったのも確かなので、三代は美希のお願いを受けることにした。短く頷《うなず》く。美希はホッと息を吐いて笑った。

駅のホームに着くと丁度よく電車がきた。ぷしゅう、と扉が開くと同時に美希は飛び乗った。

「気をつけてね」

「はいはーい。……っとそうだおにいちゃん、ちょっといい？　耳かして」

美希がくいくいと手招きするので、三代が頭を掻《か》きながら顔を近づけると――ちゅっ――と頬にキスされた。

「……美希ちゃん？」

三代が呆気《あっけ》に取られていると、美希はニタリと笑った。

「保険かけとくね。約束やぶったら、おねえちゃんに美希と浮気《うわき》したっていうから」

変な迫力があった。単なる脅しではなく、約束を破れば本当に行動に移しそうな何かを感じる。

言行一致に何の躊躇《ためら》いも持たないその大胆さは、なんだか志乃を彷彿《ほうふつ》とさせた。性格は明らかに違うが、それでもこういうところから姉妹なのが分かる。

三代は苦笑しながら「分かったよ」と伝えた。

仮に美希から何か言われても志乃がすぐに信じるとも思えないが、それでも、一応気をつけようと思わされる程度には気圧《けお》された。

「んじゃね、おにいちゃん」

扉が閉まり電車がガタンゴトンと進んでいくと、座席に立った美希がべたっと両手を窓にくっつけながらこちらを見た。

三代が手を振ると美希も同じように振り返してくれた。

3

駅から出た三代は、適当なコンビニに寄ってお昼ご飯に菓子パンとジュースを買って胃に流し込んだ。

数百円もあればお腹《なか》を満たせる今の世の中はいい時代である。志乃に見つかれば健康には悪いと怒られそうではあるが。

のんびり歩きながら、三代は何の気なしにスマホでアルバイトの求人サイトを巡り始めた。

やってみよう、と思ってから行動に移すまでが早くなったのは、知らずのうちに志乃に似てきた部分があるのかもしれない。恋人はお互いがお互いに影響を与え少しずつ似てくるとはよく言われるが、三代もその例外ではないようだ。

「これは無理だな……こっちは俺でもできそう……いや微妙か……」

唸《うな》りながら探すが中々見つからず、気がつけば夕方になっていた。

時間の進みを最近早く感じるようになった、というのはさておき、日曜日の志乃は平日より早目に終わるシフトを組んでいるのでそろそろ迎えに行く時間だ。

ただ、早く着き過ぎても駄目なのは分かっているので、ちまちまと時間を調整する。志乃のバイトが終わる十分前くらいにカフェに到着した。

「いらっしゃいま――おおっと、志乃ちゃんの彼ピくん」

「どうもです」

「お迎えってことは、そろそろ志乃ちゃん終わりの時間かな？　えっと……それじゃあそこの席空いてるから」

「はい」

指定された席に座ると、すぐさまに彼氏特典のお菓子と紅茶を差し出された。いそいそと口に運ぶ。

明る過ぎない落ち着いた色の照明が点《とも》る店内では、ジャズが流れている。この場に三代がいるのはやはり場違い感がある。

だが、何回かきているうちに、三代はこの空気に耐性を得つつあった。人間は環境の生き物であり慣れて順応していくものだ。

「ありがとうございましたー」

仕事中の志乃の姿を確認し、今日も元気そうだ――と三代が頬を緩めると、先ほど席を指定してくれた店員が志乃にこしょこしょと何かを耳打ちした。

志乃はキョロキョロと周囲を見回して、そして三代を見つけて笑顔になった。どうやら、あの店員が迎えにきたことを伝えてくれたようだ。

まもなくして、バックヤードに入った志乃が私服に着替えて出てきた。

「待った？」

「そんなに待ってない」

そんな定型句のような言葉を挟んでから手を繋《つな》いで帰路につく。日曜日は平日よりも少し多めに二人の時間が取れるので、自然と足取りも緩やかになった。

牛歩のペースで歩いていると、普段は気にしない店の看板がよく目についた。そのせいか、ある看板の下に張り出された小さな紙に志乃が気づき、興味を惹《ひ》かれたようで足をとめた。

――そのうち流行《はや》るかもしれないいたい焼き売ってます！　今のところ味は一つしかないですが、さぁ店内へ！

『そのうち』『今のところ』などと売る気があるのか分からない張り紙ではあったが、志乃はどうにも食べてみたくなったらしく、こそっと店の中に入ると一つ買って出てきた。

「こんな怪しい張り紙に踊らされて買うか、普通」

「いいじゃん別にさ。それより見てよ。ウケる」

あははは、と笑いながら志乃が見せてくれたたい焼きは、珍しい形をしていた。たいが大きく口を開けていて、その口の上にココアブラウンのアイスがでんと乗っている。

「カワイイ！」

「面白い形してるな。こういうのって、写真とか上げたりしないのか？　SNSとかに」

「SNS？　やってないよあたし。前に少しだけやってたことあるけど『会いたいです』とか変なDMいっぱいくるから、怖くなってすぐやめちゃった」

何の気なしに志乃が語るその思い出話の中に、三代はふと、志乃が男を苦手とする原因の一端を垣間《かいま》見《み》た気がした。

興味のない異性から大量に好意を向けられれば、距離を置いたり嫌ったり、あるいはキツい態度を取りがちになるのも仕方がないことなのだ。

そういえば――以前に中岡《なかおか》が、志乃の男への苦手意識の克服にも言及していたことがあった。青春を通じてその役目を担《にな》えと三代は言われていたが、実は今まであまり意識したことがない。

だが、それを思い出したところで、今の三代にできることなど限られている。正ではなく負の方向に囚《とら》われた心や感情はそう簡単に修正できるものではなく、長い目で少しずつ見るしかないのだ。

「ブロックしてもブロックしても次から次に違う人からDMが毎日くるんだから」

「……大変だったんだな」

「でしょ？　だから、そんなあたしの昔の心の傷を癒《い》やす為に、このたい焼きをあーんして食べさせて！」

唐突なおねだりだが、こういうのを叶《かな》えてやるのも彼氏の役目だ。三代はたい焼きを受け取り志乃の口元にあてがった。

「ほら」

「ちょ、近い近い、口を開けるスペースがほしい……」

「近づけ過ぎたか。悪い。……よしこれでどうだ？」

「ん、これならちょーどいい」

志乃はお殿さまにでもなったかのような態度でふんぞり返ると、もぐもぐとたい焼きを食べ始めた。

「……ん？」

まるで子どものようだな、と三代が志乃を眺めていると、鼻先にアイスがくっついているのを見つけた。

近づけ過ぎた時に当たってしまっていたようだ。だが、本人がそれに気づく様子がなかったので指で拭って取ってやることにした。

「な、ななな、なに……？」

「アイスついてたから」

三代はそう言って、自分の指先に乗る溶けたアイスの水滴を見つめた。

適当に擦《こす》って綺麗《きれい》にしてもよいのだが、なんとなく勿体《もったい》なかったのでぺろっと舐《な》めて味わってみた。

くど過ぎない仄《ほの》かな甘みと、芳醇《ほうじゅん》なココアの香りが口の中に広がる。

見た目の面白さに全振りしているようにも見えたのだが、意外と中身もきちんと作ってあるようだ。

「い、言えば一口あげるけど？」

「ああいや、別に食べたかったわけじゃないんだ。ただ、勿体ないと思って」

「……なんていうかさ、本当にいきなりあたしの想像超えてくることするよね、三代」

「そうか？」

「そーだよ。この前のキス連続もそうだけどさぁ」

「やめたほうがいいか？」

「嫌じゃないから、やめなくていいけど……」

「なら問題ないな」

「ズルいよね三代は――」

と、その時だった。

『――クリスマスまであっという間！　楽しむ準備は今の内から！』

商業ビルの壁にある巨大スクリーンにそんな宣伝が流れた。思わず二人揃《そろ》って見てしまった。

「そういえば……なんだけどさ」

「……どうした？」

「十二月なんだけど……二十五日にシフト入れる代わりに、二十四日は休み取ったんだよね。今のうちに入れておかないと、直前だと彼氏できて休みたいって子が増えちゃったりするかもだから、そうなると争奪戦になるからさ」

志乃は俯《うつむ》いて上目遣いになると、三代の手をぎゅっと強く握った。

「イブは一日中一緒にいたいなって思ったから。……いいよね？」

彼氏なんだから、その日はちゃんと空けるつもりだよね——と志乃が目で訴えていた。

既にクリスマスにプレゼントまで用意している三代が、その日に用事など入れるわけがない。志乃にバイトのシフトが入っていたとしても、すぐに迎えに行けるように一日中そわそわと待つ気でいた。

「大丈夫だ」

「そっか……ふふっ、そだね、用事なんてないよね。三代友達いないし」

一歩間違えばグサリとくる図星の突き方をされたが、志乃の嬉《うれ》しそうな表情を見れば悪口ではないのは誰の目にも明らかだ。

言葉の裏にある真意は、他の女の影がチラつく要素が少ないことへの安心感の吐露なのである。それを言葉に出しているに過ぎないのだ。

三代は頬を掻《か》きながら、

「……まぁそういうことだ。ちなみにクリスマスプレゼントを用意しているから楽しみにしていてくれ」

「え？　何かくれるの？」

プレゼント、という言葉に志乃が反応する。耳を猫みたいにピコピコと動かしている。

「……クリスマスだからな」

「楽しみ！　っていうか、あたしもクリスマスに何かプレゼントしようと思ってたから、三代も楽しみにしててね！」

志乃は志乃で何か考えてくれているようだ。

何をくれるのか三代も気にはなったが、それは当日までお互い様だ。

11月3日～11月5日 ぼっちは学祭なんて忘れてるよね。

1

暦は進み十一月に入ったが、三代《さんだい》の日常は現状維持だ。

学校内で注目されつつ、アルバイトも積極的に探してはいるが中々いい候補が見つからないままといった感じである。

変化らしい変化と言えば……志乃《しの》がお弁当を作ってきてくれるようになったので、それくらいだろうか。

交際を完全に隠さなくなったことで、三代は志乃と一緒にお昼を食べるようになったのだが、それに伴って志乃がお弁当を作ってきてくれようになっていた。

午前中の授業の終わりを告げる予鈴が響き、教師が外に出て行くのを見届けて三代は欠伸《あくび》をして振り返る。すると、後ろの席の自分の彼女が、ごそごそと鞄《かばん》の中から派手にデコられているお弁当箱を二つ出した。

「お昼だよ〜」

「お昼だな」

今日のお弁当の中身はどんな感じなのだろうかとお弁当箱の蓋をあけると、デカデカとした桃色のハートが現れた。

「桜でんぶでハートを作ってみたよー」

「おお」

「あたしの気持ちを表現しようとして、それで作ってて実はハートがはみだしそうになっちゃって……。容器になんか収まりきらないくらい〝好き〟が大きいから」

「はみ出しても全て受け止めるぞ」

若干感覚は麻痺《まひ》してきているが、二人にとっては恥ずかしくもないやり取りだ。しかし、あくまで二人にとってはというだけであるので、それを見せつけられる周囲のクラスメイトたちは顔を真っ赤にして一斉に俯いていた。

噂《うわさ》をするのが好きな年頃の彼ら彼女らも、いざ目の前で実際にイチャつかれると黙ってしまっている。

——黙ってないで誰かとめろよ。俺の心が破壊される。

――お前の心は別に壊れてもいいだろ。

――それにしても、本当信じられないよね、あの二人が。

――結崎《ゆいざき》さんって料理得意なんだね。知らなかった。

――ふむ。


志乃の作るお弁当の味は、もともと料理やお菓子作りが得意ということもあって、全くもって不足がないものだ。

しかし、志乃は決して現状に満足することはなく、食事中の三代の何気ない反応を窺《うかが》いつつ毎日微調整を加えてきていた。

仮に不味《まず》くても、三代がケチなどつけない男なのは志乃も理解しているハズだが、それに甘えずに妥協を許さない姿勢だ。

三代は『そこまで頑張らなくてもいい』とは言わなかった。本人がやる気になっているところに水を差すのも悪いし、そのうち志乃なりに丁度いい手の抜き方も見つけるだろうからだ。

それに、こうした方がいい、ああした方がいい――そういう言葉は度が過ぎれば単なる価値観の押しつけだろうと三代は思っていた。

自分がやられて嫌なことは人にはしないという、とても大事であるのに誰もが見落としがちなことを三代はよく知っているのだ。

他人と距離を置き続けたぼっちがゆえに、普通であれば近過ぎて見えなくなる部分を見つけることができる。

ぼっち、というのは一般的に否定的に捉えられがちなステータスとされるが、普通の人にはないこうした魅力もあるのに不思議なものだ。

もしかすると、それは〝酸《す》っぱい葡萄《ぶどう》〟なのかもしれない。『ぼっちとどう関われば良いのか分からない』『何を考えているか分からない』と多くの人は感じていて、だが理由もなく近づかずにいると差別しているみたいになってしまうので、『ぼっちはよくない存在』ということにして遠ざける正当性を確保しているのだ。

酷《ひど》いものだが、しかし、それは裏を返せば臆さずに近づいた者だけが、頑張って手を伸ばそうとした者だけが——例えば志乃のような子だけが——手にすることができる特別な果実、ということでもある。

本人に自覚はなさそうだが……。

2

どこの学校もそうだが午後の授業数は午前より少なく、それは三代と志乃の通う学校も同じだ。

昼を過ぎれば放課後はすぐやってくる。

というわけで、今日の学校生活を終えて二人は揃って教室から出た。だが、突然、眼鏡をかけた七三分けの男子生徒が両手を広げて立ちはだかった。

確かこの男子生徒はクラス委員長だ。一応ながら三代も見覚えだけはある顔だった。

「待ちたまえ」

三代も志乃も何か注意を受けるようなことをした覚えもなかったので、二人は何事もなかったかのように委員長の横をすうっと通り抜ける。

すると、

「待ちたまえと言っている！」

何がなんでも通さない、という態度を委員長はあらわにして再び立ち塞がった。一体なんだと言うのか。三代はため息を吐《つ》き、志乃は肩を竦《すく》める。

「……なんだっていうんだよ」

「あたしらは委員長に用ないんですけど」

「君たちがボクに用事がないのは分かっている。そうじゃなくて、ボクが君たちに用があるんだ。……二人の仲はボクとて聞き及んでいる。付きあっているのだろう？　恋人同士なのだろう？　どこにも接点がなさそうなのに一体どうして、というのはプライバシーは守られるべきゆえに聞かないし、ボクも君たちの邪魔しようとは思っていない。そうではなく——周りを見たまえ！」

周りを見ろと言われたので見ると、看板を作っていたり飾りつけを作っていたりする沢山の生徒たちで溢《あふ》れていた。

「——分かっただろう！　学祭だよ！　君たちまるで参加しようとしないな！　一週間後なのだぞ！」

確かに学祭の時期と言えば時期だった。三代にとって学校行事は縁遠かったものだから完全に忘れていた。

ちなみに、頭の中から学祭が抜け落ちていたのは三代だけではなく志乃もだったらしく、目が泳いでいた。

「あ、あたしはバイト忙しくて参加する余裕なくて、だから忘れてたっていうか？　参加しないかもな行事のことイチイチ覚えててもしょうがなくない？　ってか今日もバイトあるし」

「俺は基本的に暗い感じのぼっち……つまり陰キャ？　な感じだから、そもそも学祭はスルーするイベントだと認識していた。覚えていないのは不可抗力というヤツだな」

「結崎くんの理由はまだしも、藤原《ふじわら》くんについては一体どこの世界に美少女を彼女にする陰キャぼっちが……いや、あえてそこは呑《の》み込もう。君たちにも事情があるのは分かった。だがしかし、それでもできる範囲でよいから参加はして欲しいのだ。二人ともこの調子だとクラスの出し物すら知らないだろうが、喫茶店をやることに決まっている」

委員長は床に膝をつくと流れるように土下座を行った。

何かの神事の一工程、と言われたら納得してしまいそうなほど綺麗《きれい》な所作で、妙な神々《こうごう》しさすらあった。

「強制ではないし、君たちにとってはいきなりな話だろうから、ひとまず今日は帰って貰《もら》って構わない。……人手が二人くらい足りなくても滞りなく学祭の準備は進むが、しかしそれだと皆で頑張ったという思い出にならないだろう？　クラス委員長としてボクは全員参加で全員の思い出に残るようにしたいんだ。たった三年しかない高校生活の中で一年に一回の行事なんだ。ボクたちは二年だから、まだ来年に最後の一回が残ってるじゃないか、と思うかもしれないがそれは違う。……来年は受験も慌ただしくなって追い込みをかける者たちも出てくる。全員で取り組む余裕はなくなる。だから、実質上今年が全員参加が可能な最後の学祭なんだ」

三代と志乃は顔を見合わせる。適当に躱《かわ》そうとしていたが、こんな熱い思いを土下座つきで真っ向から表明されるとなると、無碍《むげ》にしたらこちらが完全に悪者だ。

「頼もう！　たのもぉ……っ！」

最後の一押しとばかりに委員長に叫ばれ二人は折れた。項垂《うなだ》れるように頷《うなず》いた。

「おぉ……ボクの熱いパッションが届いたのだな！」

感極まったらしい委員長は、立ち上がると泣きながら三代に抱き着こうとした。

次の瞬間。

志乃が途端に瞼《まぶた》を細め、突進する委員長の腹に前蹴りを食《く》らわせた。当たりどころが悪かったのか、委員長は屈《かが》むようにして膝をついた。

「お、おふっ……」

「人の彼氏に抱き着こうとしないでよ。男でも容赦しないから」

「ボ、ボクは嬉《うれ》しかっただけで……」

「すんなって。次やったら踏み潰すよ男の一番大事なとこ」

「……わ、分かった。ボクが悪かった。もうしない。だ、だからそんな怖いことを言わないでくれ。結崎くん本気の目をしているぞ。冗談もほどほどに——」

「——冗談なわけないじゃん。本気だけど？」

「……」

淡々と告げるに志乃に気圧《けお》され、委員長は黙った。

志乃の怒りが暴力的な方向で発露したのは、委員長の行動が三代に絡《から》むものであったからというのと、男が苦手だから遠慮なしの合わせ技なのだろうが……凄《すご》い一面を三代は見てしまった気がした。

「今日は帰っていいって話だったし、いこいこ。学祭の件は手伝いが欲しい人がいないか明日聞いて回ろ。明日はあたしも丁度バイト休みだし。……って、なんか変な顔してるけど、どうしたの？」

「な、なんでもない。気にしなくていい」

「変なの。本当にどうしたの？」

怖かった、とは口が裂けても言えなかったので、三代は適当に誤魔化すことにした。

「へ……変と言われても、そもそも志乃と付きあってから俺はずっと変だからな。なんせ志乃のことばかり考えるようになって、それが最優先で、そりゃ誰が見たって変になってる男だ、俺は」

少々露骨過ぎる気はしたが、本音も混ぜたお陰で志乃も気づくこともなく純粋に受け止めてくれた。頬を朱色に染めてぷいっと横を向いている。

「彼女のこと考えるのは変じゃないでしょ……当たり前だよ」

「そうか……？　って、なんでこっちを見て言わないんだ？　恥ずかしがってる？」

「別に恥ずかしがってないし」

「じゃあなんで顔をこっちに向けないんだ？」

「なんでもないよ。気にしなくていーよ」

志乃はじとっと目だけ動かして三代を見やると、すぐにまた視線を元に戻した。

ふいに窓から風が入り込んできた。

風は志乃の髪をたなびかせ、宙に舞う毛先が三代の鼻の頭をくすぐった。

「ふぇ……ふぇっくしょい！」

くしゃみが出て、ついでに鼻水も垂れてきた。

「やばい……何か拭けるもの持ってないか？」

三代が訊《き》くと志乃は鞄《かばん》の中からハンカチを取り出し、

「……しょーがないなぁ」

そう言って三代の鼻下を優しく拭い始めた。

「じ、自分でできる」

「いいからいいから。……鼻水たらーって赤ちゃんみたい。おっきなべいびー。ふふっ」

乳幼児と同列に扱われ、なんだか今までにない羞恥を感じて三代が耳まで真っ赤にすると、その様子が面白かったらしく志乃は笑った。

無邪気なその笑顔を見て、三代は今さっき志乃に恐怖を感じたことを申し訳なく思った。委員長に前蹴りを食らわせた志乃はあくまで臨戦態勢であり、通常時の自然体はこちらの方なのだ。

怖がる必要なんてどこにもないのだ。

3

翌日。二人はクラスメイトたちに「手伝いが必要ないか」と訊いて回った。だが、手ごたえはあまりよろしくなかった。

――え？　手伝い？　いや間に合ってるから大丈夫だ……というか、仮に忙しくても甘い空気を吸いながら作業はしたくないから拒否る……死ね。

男子生徒からはそう言われ、女子生徒からは、

——手伝い……って二人一緒に？　彼氏いない歴＝年齢の私に喧嘩《けんか》売ってるようにしか見えないんだけど。

などというお言葉を投げかけられた。

どうにも敵意を持たれているようだが……まぁ仲睦《なかむつ》まじさを見せつける行為は一般的に顰蹙《ひんしゅく》を買うものである。

ただ、全員がこうした反応を見せたわけでもなく、志乃のギャル友達たちは丁度よかったと手を叩《たた》いて歓迎してくれた。

もっとも、志乃には客寄せの一員として当日に一緒に少しきわどい格好で給仕《きゅうじ》として出て貰えれば、という話であったので断ることにはなった。志乃が嫌がり「彼氏以外にきわどい格好を見せるのは無理」と、両腕で×を作りキッパリと拒否したのだ。

断られたギャルたちに悲壮感はなかった。志乃の性格を知っているだけに、もともと駄

目元であったようだ。

「あー……駄目かぁ」

「彼ピを理由に出されたら諦めるしかないって」

「そーそー。彼氏がいない私らとは住む世界が違うんですよ志乃ぴょんは」

「彼氏欲しいなぁ」

「分かるー」

ギャルたちは舌を出しながら手を振ると、衣装を見に行くからと去った。

一体どんな衣装を用意しているのかは分からないが、きわどいというからには恐らく露出が多いやつだ。そんな格好をした志乃が他の男の目に触れるのは、やはり彼氏としては普通に嫌なので断ってくれたことに三代は安堵《あんど》の息を吐《つ》いた。

すると、安心しなよと志乃が笑った。

「……大丈夫だってば。あたしそんな性格悪くないもん。からかうことはあっても嫉妬させようとかは思わないし。そんなことして亀裂入る方がずっと嫌じゃん？　ね？」

人の気持ちに関係する行動についてたまに判断を間違えそうになる三代と違って、志乃は本当に迷わず正解を引き当てる。

ついでに釘《くぎ》の刺し方も上手で、『あたしを嫉妬させようとか余計なことをしないように』

とも遠回しに言っている。不安にさせてしまった前科があるせいか、そこらへんを警戒されているようだ。

アレは不可抗力だとか、いつまで根に持っているんだとか、そういった言葉は逆効果なので三代は何も言わずに頷いた。

志乃は瞼を細めてジッと三代の横顔を見つめてくる。

「……」

「な、なんだよ」

「……別に」

本当に分かっているのかな、と疑いをかけられている感じだ。変に動揺すると更に疑いを助長させるだけであるので、三代はあえて気づかないフリをして話題を変更した。

「それにしても、手伝いは必要ないってヤツばかりだな」

もうだいぶ聞いて回ったがどこも全滅で、今のところ唯一受け入れ態勢を見せてくれたのは志乃の友達たちだがそれも断った。

このままだと、〝とりあえず学祭準備に参加した〟という建前すら達成できなくなりそうではある。

「まだ聞いてないクラスメイトが何人かはいると思うけど……似たような結果になりそう

だね」

「……まぁ聞くだけ聞いて駄目ならその時はしょうがない」

体育館裏にある階段に揃《そろ》って座ると、カァー、カァー、とカラスの鳴き声が響く。二人は力なく俯《うつむ》いた。

ふいに人影が覆い被《かぶ》さった。三代が見上げると委員長がいた。

「……委員長か」

「ふふふ……二人が『手伝うことはないか』と周りに聞いて回っているという話を耳にしたぞ。参加する気になってくれたようで喜ばしい限りだ」

「……どこからも拒否られたけどな」

「イチャイチャを見せつけていればそうなるさ。誰だってイラつく」

「イチャついてるというか、普段通りにしているだけだ」

「ね」

「自覚がまるでないのか……」

「自覚も何もだから普段通り……いや、堂々巡りになりそうだなこの話は。とにかく、どこも手伝いは必要がないと言うんだから、学祭に交じれないのは仕方ないよな？」

「そんなことはない。朗報がある」

委員長はフッと鼻で笑うと、校舎のとある一角を指差した。

そこは調理実習室だが……。

「喫茶店で出す料理の練習をしている子がいるのだが、上手《うま》くいかず困っているそうだ。ぜひともその子の助けになってくれたまえ。二人を疎《うと》んだりはしない性格の子だから安心していい。……結崎くんは料理が得意だろう？　見ているこっちが恥ずかしくなるような弁当を作ってくるくらいなのだからな。頼んだぞ。それでは、ボクはクラス委員長としてやることがあるので――」

委員長はそう言うと、フンスと鼻息を荒くしながらどこかへ行った。

なんというかその、意外と面倒見がよいとでも言えばいいのか……こちら側の状況を察して、手伝う先を見つけてくれてきたようだ。

折角なし崩しで手伝わずに済む可能性を潰された、という意味では余計なお世話でしかないのだが、それを言ったところでどうにかなるものでもない。三代と志乃はよっこいせと立ち上がり調理実習室へと向かった。

調理実習室の中には一人の女の子がいた。

おかっぱ頭で小柄で小動物のようなその子は、めん棒で生地をぐいぐいと伸ばしている。見たことがない顔だ。

こんな子クラスメイトにいただろうかと三代が首を傾《かし》げると、志乃が答えた。

「……高砂《たかさご》ちゃんだ」

「知ってるのか？」

「あたし男の名前はよっぽど興味が無いと憶《おぼ》えてないけど、女の子の名前は憶えてる。あの子は高砂まひろちゃん」

「俺はそもそも、男女関係なく同学年はおろかクラスメイトもよく知らない」

委員長や志乃と言った目立っている生徒や担任の中岡《なかおか》を記憶していたくらいで、三代はそれ以外は覚えていなかった。

どうせ絡《から》むことがない相手を知ったところで、脳みその容量を無駄に使うだけと思っていたからだ。

「……三代らしいね」

志乃がくすくすと笑うと、もくもくと作業を続けていた高砂がハッと気づいてこちらを向いた。

「あのっ……えっと……結崎さんに藤原くん……？」

高砂はびくっと体を震わせると窺《うかが》うようにそう尋ねてすぐに、あわあわと部屋の隅へと移動して縮こまった。見た目通りに臆病そうだ。

「そんなビクつかなくても……俺たち学祭の準備を手伝おうと思って色々聞いて回ってたんだが、どこいっても断られてさ。それでどうしたものかなと考えていたら、委員長にご案内されたんだ」

三代が頭を掻《か》きながら事情を説明すると、高砂は『委員長』という部分に反応した。

「委員長……四楓院《しほういん》くんが……？」

「四楓……院？　え？」

三代は思わずのぞける。委員長がまさかそんな高貴そうな格好良い苗字《みょうじ》だなんて思ってもいなかった。

「なんか……凄《すご》い苗字だったんだな、委員長」

「や、あたしも委員長の苗字は普通に知らなかったけど……いいとこのおぼっちゃんみたい」

三代と志乃がひそひそと会話していると、その様子を見て少しは緊張が解けたのか、おっかなびっくりにではあるが高砂が近づいてきた。

「あ、あの……その……つまり四楓院くんの命令で、て、手伝いに来てくれたですか？」

「命令？　あぁいや言葉狩りはよくないな。まぁそうだな」

「まーそんな感じ」

「あ、ありがとうございます。それじゃあ早速ですけど、作ったの見て欲しいです。これは綺麗《きれい》に作れたと思うです」

高砂はペコペコと頭を下げると、すぐさまにお皿に載せたクッキーを持ってきたが——それは不思議な色をしていた。

七色だった。

「その……凄い……色だな」

見たこともない色彩のクッキーに三代がゴクリと唾を飲み込むと、志乃が一つ手に取ってまじまじと眺めた。

「あ、ある意味お洒落《しゃれ》だし……こういうお菓子もあることはあるけど……多分そういうのと違う感じというか……」

オブラートに包んだ物言いとは裏腹に志乃はどうにも渋面だ。高砂なりの頑張りを擁護したくはあるが……言葉が見つからないといったところだ。

だが、なんとも不穏な雰囲気を漂わせるクッキーとはいえ、印象と実際が違うということもありえる。

「ま、まぁあれだ、海外のお菓子とかだとカラフルなの普通だし……そういう系統かもしれない……よな？」

「そ、その可能性も確かにあるけど……これは……い、いや、うん、食べてみないと分からないよね」

言って志乃はクッキーをひょいと口に入れた。

次の瞬間。

志乃は嫌な汗を顔中にぷつぷつと浮かべると、「うえっ」とクッキーを吐き出してそのまま倒れた。

三代はぎょっとして慌てて駆け寄る。

「お、おい！」

「ご、ごめんなさい！　料理とかお菓子作りとか、私はへたくそなんです！　美味《おい》しくなかったかもです……味見とかもしなかったですし……」

「下手とか美味しくないとか味見してないとか……そういうレベルじゃないだろこれは……」

三代は恐ろしいものを見る目で高砂を一瞥《いちべつ》しつつ、若干吐しゃ物が残る志乃の口元を拭いて背中をさすった。

志乃はしばらく白目を剝《む》いていたが、懸命に三代が介抱し続けるとなんとか意識を取り戻してくれた。

「うぷ……」

「……しんどいか？　病院行くか？」

「それは大丈夫……てかヤバいこのクッキー」

「ヤバいって……どうヤバい？」

「食べれば……分かる」

体験した方が早いのはその通りだが、志乃がすぐに吐いて倒れたのを見てしまっているので正直言って三代は食べたくなかった。

だが、このクッキーがどれほど危険なのかを正しく理解するには、それ以外の方法がないのも事実だ。

三代は悩んだ末に志乃の手を握って頷《うなず》くとクッキーに手を伸ばした。

「あ、あの……食べないほうが……」

高砂が不安げにこちらを見て忠告をくれたが、もう引く気はない三代は意を決して頬張り——異様な刺激を感じた。

ピンか何かで抉《えぐ》られるような痛みが副鼻腔《ふくびこう》を駆け抜け、思わず涙が出て、続けざまに舌が痺《しび》れ耳の奥が急激に熱を持った。

毒。

紛《まが》うことなき毒だ。

三代はブクブクと泡を吹きながら倒れた。

4

「死ぬかと思った……」

「ね、ヤバかったでしょ？　これを出したら悪い意味で大問題になるかもな感じ」

「感じっていうか絶対なるな」

意識を取り戻した三代が志乃の肩を借りてよろめきながら起き上がると、高砂がぺこぺこと何度も頭を下げてきた。

「本当になんて謝ったらいいか……ほ、他の調理班の人たちはちゃんとできていて、でも私だけこんなだから一人で練習してて……四楓院くんは頑張れって言ってくれたけど……っていうか四楓院くんも倒れてたですけど……でも……」

どうやら委員長もこのクッキーを食べて、そして、これは自助でどうにかなるレベルではないと判断して話を持ってきた流れのようだ。

委員長は志乃に頼んでいたが、まぁ人を見る目はある。お菓子作りも含めて料理全般が得意で性格も悪くないので、おどおどしている高砂のフォローさせるのに向いているのは確かだ。

志乃本人も自分の役目を察したらしく、高砂の肩をポンポンと叩《たた》いていた。

「え？　あの、えっと……」

「あたしこう見えてお菓子作り得意だから、きっちり教えたげるねー」

「……いいんですか？　食べたら倒れちゃうような毒みたいなお菓子しか作れないって分かっても教えてくれるんですか？」

「毒物になるレベルって絶対に変なミスを連発してるんだろうから、一つ一つ間違いを直せばいいだけじゃないって思うかな？　だいじょーぶ」

「……あ、ありがとうございます」

「それじゃあ、ちょっと最初からもう一回作ってみて」

「はい！」

高砂は溢《あふ》れる涙を拭うと、小麦粉の袋を机の上に置いて……ポケットから小さなチューブを取り出した。

調味料か香辛料でも入っているのかと思ったが、よく見るとパッケージが違う。妙に見慣れた感のあるそれは美術の授業で使われる絵の具だ。

嫌な予感がした。

「……それなぁに？」

志乃が頬を引き攣《つ》らせながらそう問うと、

「絵の具ですよ？　だってお菓子に色つける為《ため》にこれって必要ですよね？」

高砂はそれがごく当たり前であるかのように屈託なく笑っていた。

恐ろしい。

横で聞いていた三代はもちろんのこと、直接面と向かって言われた志乃も頬を引き攣らせてドン引きしていた。

「い、いらないよ？　絵の具なんて使わないって」

「え？　でも色をつけるのに……」

「色は違うのでつけるの。ちゃんとお菓子用のがあるの」

「そうですか？　じゃあこれは必要ですよね？　サン〇ール」

「それ……トイレ用洗剤じゃん」

「それはそうですけど、変な菌とか混じって食中毒とかになったら大変なので、トイレを綺麗にするくらいの滅菌力のを使った方がいいのかなと」

「すごく危険だからやめて」

「そう……なんですか？」

「ちゃんと最初に手を洗えば大丈夫だし、そもそも焼くんだからそこで安全になるから。……ちなみに絵の具の次は何を入れる予定だったの？」

「次は……ええと……最近寒くなってきたので、体がポカポカ温まるようにってホッカイロの中身とかも使おうと思ってました。なので、こうやって小袋に分けて入れて持ってきてて……」

高砂は自分なりに真面目にやっているようだが、無知とは残酷なもので、よかれと思う方向性が悉《ことごと》くおかしかった。

（……まぁ俺もそこまで人を馬鹿にはできないが）

さすがに三代は高砂ほど酷《ひど》くはないが、しかし、それでも素人《しろうと》であることに違いはなく、そこはきちんと本人も把握していた。口を出せばどこかで高砂みたいなことになりかねない可能性はあった。

なので、心の中で『がんばれ』と志乃にエールを送ると、何食わぬ顔でこそっと隅の方に移動した。

こういう時は静かに見守るが吉だ。

何か言いたげな志乃の視線は突き刺さるものの、三代はそっと横を向いて見なかったことにした。

「もぅ……」

自らの恋人が役に立たないことを志乃も理解できたらしく、深い諦めのため息を吐《つ》くと、一人で高砂への指導を始めたのだった。

5

三代が窓の外を眺めていると、徐々に太陽が落ちて空は深い蜜柑色《みかんいろ》になり、校庭に植えられている木々の枯れ葉がカサカサと風に舞った。

静かなものだ。

あはれまたけふもくれぬと眺めする雲のはたてに秋風ぞ吹く、と詠《うた》った人は誰であったろうか。そうだ藤原定家《ふじわらのさだいえ》だ。

志乃と高砂の会話とお菓子作りの作業の音が妙に鮮明に聞こえてきた。だが、しばらくするとそれが止《や》んだ。

「……なんとかそれなりのができたかな。ねぇ三代、そんな哀愁漂う文豪みたいな雰囲気出してないでちょっと食べてみて」

　お菓子作りの指導はなんとかなったらしく、見た目は普通のマカロンが出来上がっていた。しかし、外観は普通でも本能が拒否反応を出しそうになる。先ほどの劇物のような味を三代の体が覚えてしまっているのだ。

　とはいえ……さすがにこれは逃げるわけにはいかないし、それに、志乃の安堵《あんど》したような表情を見れば酷いことになっていないのも分かる。

　三代は覚悟を決めてマカロンを頬張った。すると、さっぱりとした甘さの丁度いい塩梅《あんばい》の味が広がった。

「……美味《おい》しいな」

　三代がそう答えると、志乃は笑いながら肩を竦《すく》めて高砂に向き直った。

「ね。基本通りレシピ通りに作れば、何も問題なし」

「は、はい！　ちゃんと食べられるお菓子を作れるなんて感動です！　それもお金取っても大丈夫そうなレベルで作れるなんて……っ！」

「それは大げさすぎると思うけど……とにかく、こうした方が良いかもとかで変なアレンジは入れないようにね」

「はい！」

　志乃と高砂のやり取りを聞き流しながら、三代はちらりと時計を確認した。

そろそろ六時だ。

辺りを見れば校内の人気もほとんどなくなっている。

特に理由もないのにこれ以上残っていると、見回りの教師がやってきて怒られそうだ。

「もう暗くなってきたし、そろそろ帰るか」

「もうこんな時間……そだね。かえろっか。高砂ちゃん、それじゃーね」

そそくさと志乃を連れて調理実習室を出た三代は、ふと振り返り、高砂が俯《うつむ》いて頬を赤らめているのに気づいた。

最初は体調でも悪いのだろうかと思ったが、そうではないようだ。

「……頑張ったから、四楓院くんも褒めてくれるかな。……い、いや、でもでも、きっと私の他にもいいって思ってる子いるよね。いつも一生懸命なところがカッコいいから、それに気づいてるの私だけじゃないよね」

高砂はそう呟《つぶや》いた。

なにやら委員長に特別な想《おも》いを寄せているようだが——まぁ、高砂の立場になってみればその気持ちは分からないでもない。毒物のようなお菓子を作っても見捨てず頑張れと言ってくれて、そのうえ、手伝いまで送ってくれたのが委員長なのだ。

気遣いを忘れないその優しさは、高砂のような女の子からすれば、癖のある性格という欠点を補って余りある魅力に映っている。

そして——こうした甘酸《あまず》っぱい恋の雰囲気を感じ取った三代は、同時になんとも言えない妙な気分に陥った。

あてられた、とでも言えば良いのだろうか。

「うん？　三代どーしたの？」

「いや……なんかこう、なんとなく志乃にちゅーしたくなったなって」

三代が素直な今の気持ちを吐露すると、志乃はニヤニヤと笑いながら立ち止まり、

「そっかー。したくなっちゃったかー。それじゃあ、はいどーぞ」

そう言って両手を後ろで組んで瞼《まぶた》を閉じた。

可愛《かわい》い自慢の彼女は寛大にも三代の要求を受け入れてくれるようなので、早速行動に——移したいところ……ではあるがその前にやることがある。

周囲の確認だ。

人気が少ないとはいえここは校内なのだ。

既に交際の有無は方々に知られているが、しかし、校内でのキスは緊張感があった。

お弁当を一緒に食べたりベタベタとくっつくのは、あくまで〝仲の良さ〟を表しているに過ぎないので、まだ健全な交際と言っていい範疇《はんちゅう》に収まる。

しかし、唇を重ねるのは〝仲の良さ〟ではなく〝男女〟を感じさせる行為だ。

唇を重ねるなんていつもしていることで、単なる愛情の確認作業でしかなく、そもそも例えば大人なんかは誰だってしていることではある。

だが、三代も志乃も大人ではなく、けれども一方で子どもでもない——その事実を突きつけているのが学校という場所だった。

学生という熟しきらない肩書の人間の恋愛の踏み込み方には、決して理解者ばかりがいるわけではない。要するに、もしも風紀にうるさい人物にキスシーンを目撃されればどうなるか分からないのだ。

自分の家や野外であれば他人の空似ですとシラも切れる。どうとでもなる。しかし、校内で見つかれば言い逃れはできないのである。

三代はきょろきょろと周囲を確認する。目立った人影はなく、すぐそこに高砂がいるくらいだが、その高砂はこちらも見ずにフラフラとした足取りで昇降口へと向かっている。振り返ってくる様子もなさそうだ。

三代はホッと胸を撫《な》でおろしながら、蛍光灯の明かりがチカチカと明滅する廊下で、志乃と唇を触れ合わせた。

「……んっ」

「……っ」

抱いている緊張感と遅れてやってきた不思議な背徳感に、思わず三代の顔が上気する。

と、その時だった。

どこからか急に近づいてくる足音が聞こえて、三代はびくりとした。

誰かやってきた。

志乃には聞こえていなかったようだが、ただ、そろそろ息も苦しくなる頃というのもあって、ゆっくりとではあるが唇を離してくれたのは助かった。

「三代の心臓……すごいドキドキしてる。ちゅう、数えきれないくらいするようになったのに……でも気持ち分かるよ。私もちゅうの時、本当はいつも心臓ばくばくしてて、壊れちゃうんじゃないかってくらい体の奥が熱くなるから」

なんと可愛い彼女なのだろうか、と喜びたい気持ちで三代はいっぱいだが、今はそんなことを言っていられない状況だ。

ひとまずキスが終わったので、この場から離れるべく志乃の肩を摑《つか》んだ。

「し……志乃！」

三代は鬼気迫る表情で、それだけ真剣だった。

だが、それが裏目に出てしまい、志乃に変な勘違いをさせた。

「なぁに、もっかいしたいの？　……いいよ」

志乃は上ずったトーンで言うと、三代の次の言葉も待たず、首に手を回してぐいっと三代を引き寄せるとまた唇を重ねた。

（……もう駄目だ。終わった）

柔らかく、そして自分好みの香りのリップが塗られている唇の感触に幸福は感じるが、同時に三代は目撃されることへの絶望に襲われている。

しかし、不幸中の幸いというヤツが起きた。姿を現した足音の主が担任の中岡であった。

「……ふむ」

懐中電灯を握り『見回り中』というプレートを首から下げていた中岡は、じっとこちらのキスを眺めていた。

生徒の青春には寛容……というか、最初期に三代を焚《た》きつけた張本人ということもあってか、中岡には怒っている様子も驚いている様子もなく、むしろ空気をきっちり読んでくれたようで。

足音を立てずに後ずさり、すぅっといなくなった。

（危なかった……助かった）

なんとか切り抜けられたが、今回は運が良かっただけだ。中岡以外の教師であったら、確実に問題になっていた。今後は注意すべきだ。

「……？」

三代の安堵したような表情にようやく気づいた志乃が、怪訝《けげん》そうに首を捻《ひね》っていた。

6

毒のようなお菓子のせいで倒れたり、キスを見られたりとヒヤリとすることもあったが、何はともあれ学祭に関わるというお題目は達成した。

翌日にそのことを委員長に伝えると、「よかろう」と満足気に頷《うなず》いていた。あとは当日に裏方で少し手伝ってくれればよいそうだ。

「ご苦労であったと結崎くんにも伝えておいてくれ」

「同じクラスですぐそこにいるんだから、自分で伝えろよ」

「う、うむ。それはその通りだが、ボクはどうにも結崎くんが苦手でな……蹴られてからというもの、実はちょっと怖いのだよ」

委員長は志乃に苦手意識を持ち始めているらしいが、だが、であればこそ三代と二人きりで話そうとするのは悪手だ。

あの蹴りには男が苦手という事情に加え嫉妬も入っているのであって、三代に近づくなと志乃が委員長に念押ししたのもその為《ため》だ。

だというのに今のような状況を作り出すとなると——自分の席に座っている志乃の顔を見れば分かる。とてつもなく怖くなり始めていた。

これ以上は大変なことになりそうなので、三代も切り上げることにした。

「委員長……じゃあな」

「う、うむ」

志乃のところへ戻る途中で、三代は高砂とすれ違った。反射的に振り返ると高砂は委員長に話しかけていた。

——四楓院くん、あの、結崎さんに教わって普通のお菓子作れるようになったんです！昨日おうちに帰った後も作ってみて、これなんですけど、味見してくれますか……？　だ、大丈夫です変な味はもうしないです！

——……色は普通になったな。味も大丈夫そうだ。分かった。……おお！　普通のお菓子の味がするぞこれは！　毒ではなくなった！

——毒……四楓院くんもやっぱりそう思っていたんですね。

——え？　いや、違うぞ！　と、独創的ではなくなったと言おうと思って、ちょっと言葉足らずだったな！　独創的から創的が抜けてしまったのだ！　ボクともあろうものが……失敬失敬。

さすがに無理がある言い訳に聞こえるが、高砂は特に悲しそうにはしていなさそうだった。好きな人と会話できていることが楽しい、といった感じだ。

——そういえば……学祭が終わったあと期末テストもありますけど、応援してるので、頑張ってください四楓院くん！

——うむ。目標は学年一位だ。……だが、それにしても不思議なことがある。ボクは普段から根を詰めて結構勉強する方で、予備校や塾にもそれなりに通っている。だから点数も取れる方なのだが、なぜか一位が一度も取れないのだ。二位だ。……一位が誰なのか気にはなるのだが、個人情報の保護とかいう名目で、順位はそれぞれにしか伝えられないからな。……次こそは必ずや一位を取るつもりだ。

——はい！　い、一位取ったらお祝いです！

——い、いや、お祝いはして貰《もら》わなくとも……高砂は自分のことを考えてだな……。

委員長が学年一位を目指しているとは露知らず、こっそりと常に学年一位をキープしていた三代は所在なさげに頭を掻《か》いた。

まさか自分の成績がひと組の男女の進展に関わってくるとは……。

次の期末テスト少し手を抜こうかなとか、そんなことを三代は考え始める。別に一位に固執しているわけではなく、志乃に出会うまでの長期のぼっち時代に持て余した時間の暇つぶしに勉強していたら、気づいたら常に一位になっていただけなのだ。

順位に思い入れも執着もなかった。

(どのくらい点数を落とせばいいんだろうな。まぁ委員長も二位なら僅差だとは思うが……五点……いや安全マージン取って十点も落とせばいいか)

三代が思案しながら席に座ると、志乃がつんつんと指先で肩を突《つ》いてきた。

「ん？　どした？」

「なんか難しい顔してるなーって」

「あーいや、期末テストのことを考えてたらな」

「期末……テスト？」

急に志乃は真顔になった。

「なんだその顔は」

「だ、大丈夫だし。テストくらい大丈夫。今までなんとかしてきたしね」

なんだか嫌な予感がする強がり方を志乃はしている。見て見ぬフリをするワケにもいかないので、三代はそれとなく助け船だけは出しておくことにした。

「まぁなんだ、自慢じゃないが俺は勉強はできる方だ。イザとなれば頼ってくれていいぞ。俺がいいカッコする為だと思ってくれていい」

志乃は口を尖《とが》らせて俯《うつむ》いた。

「……ありがと」

「何のことだかよく分からないな。それより、委員長がご苦労って言ってたぞ」

「委員長の話題はいらない」

「そうか」

11月9日　初めての友達は困惑するよね。

1

　さて、学祭を翌日に控えた日の放課後。

　いよいよ明日に迫った学祭に湧く多くの生徒たちを尻目に、三代《さんだい》はいつものようにバイトに行く志乃《しの》を見送って別れると、つい最近入れたアルバイトの求人が見れるアプリを起動した。

　色々と日々あるが、アルバイト探しも忘れてはいないのだ。自宅にいる時はＰＣを使いつつ、こうして外でできた隙間時間にもアプリで探していた。

「えーと……」

　地域を指定して検索するとズラリと新着の求人が出てきた。指でスクロールしながら一つずつ確認していくと、ふと気になる求人を見つけた。

『12月1日に新規オープン予定の中規模の水族館の清掃スタッフ募集中！』

　これは理想に近い条件だった。

　三代はそこまでコミュ力が高くない自覚があり、人間関係の輪が出来上がっていそうなところは避けていたのだが、ほぼ全員が初対面から始まるオープニングスタッフであればまずその懸念《けねん》が消えた。

　加えて〝清掃〟という職務内容も三代には喜ばしく感じられた。仮に苦手な人がいても、最低限の会話だけで仕事を進められるからだ。

　ここまで自分におあつらえ向きの求人は意外と珍しく、いつまた現れるかも分からないので、三代は急ぎ面接の連絡を入れた。

　すると、「お時間が大丈夫であれば今から面接に来てください」と言われたので、三代は慌ててマンションに帰って私服に着替えて向かった。

　求人票に記載されていた住所の近くまで行くと、完成間近な工事中の建物が見えてくる。ここのようだ。

　正面玄関に『面接の方はこちらへ』という案内板があったので、その指示に従い進むと、今度は『面接会場』と書かれた紙が貼ってある部屋の前に着いた。

部屋の前には幾つも椅子が並べられていたが、人はおらずガランとしていた。オープン日が近いようなので、メインスタッフの大規模な募集はもっと前に既に終わっているのかもしれない。その後に必要そうな人員が発覚次第、都度募集している状況、といったところだろうか。

「……まぁ人が多くても緊張するから、丁度いいが」

ひとまず三代は扉をノックして来訪を知らせた。だが、扉の奥から「どうぞ」という声は返ってこなかった。

「うん？」

三代は首を捻りながら扉をもう一度ノックした。今度は強めにだ。しかし、やはり反応は返ってこなかった。

「今から来てください、なんて言うから急いで来たのに不在とか。……仕方ない待つか。俺が来ることは知っているんだから、そのうちくるだろ」

まさかの事態にため息が出るが、向こうには向こうの事情があるのかもしれないのだから腹を立てるのも狭量《きょうりょう》というものだ。

三代は扉の前にある椅子に座って待つことにした。

すると、まもなくして、三代と同じくらいの歳《とし》の女の子がこちらにやってきた。

手が隠れるくらいに袖の長いセーターに、スキニーのジーンズというラフな格好からして面接官では無さそうだが……。

女の子は周りをきょろきょろと見て落ち着かずにいた。頭を振る度に短く切り揃《そろ》えられたショートボブの髪が揺れている。

「あっ……えっと……あの……どうも」

女の子は三代に気づくと、なんともハスキーで中性的な声で挨拶をして、おずおずと会《え》釈《しゃく》した。釣られて三代も会釈を返した。

「こちらこそどうも。あの……ここの水族館の面接を受けにきた感じですか？」

「です」

三代と同じで募集を見てきた子のようだ。

初対面の人間、それもいかにも女の子な雰囲気の子は苦手だが、同僚になるのかもしれないのだ。三代はなるべく愛想《あいそ》はよくしておくことにした。

「俺も面接受けにきたんですが、まだ面接官が来てないようで、ここで座って待っているんです」

「そうなんですね。……隣に座っても？」

「ど、どうぞ」

「それじゃあ……えっと僕は佐伯《さえき》ハジメって言います。高二……なんだけど同じくらいです？」

同い年くらいだというのは見た目から察しがついていたのでさておき、女の子はまさかのリアル僕っ子だった。

漫画やアニメではしょっちゅう見るが現実では非常に稀《まれ》なタイプである。

しかし、だからといって浮世離れしたような感じは特になく、妙に似合っていて違和感がほとんどない不思議な子だ。

「高二……俺もですね。あ、名前は藤原《ふじわら》三代です」

「本当に？　同学年って嬉《うれ》しいなぁ――って、あっ、ご、ごめんなさいタメロ……」

「あぁいや……同い年なら別にタメロでも。そうだな、よし、俺は使わないぞ。そっちも使わなくていい」

「う、うん！　よろしくね藤原くん」

ハジメと名乗った女の子は屈託無く笑った。特別な裏を感じさせないその朗らかさは、ブルーベリーの花にも似た慎《つつ》ましく優しい印象を抱かせてくる。

きっと、普段から多くの男性を虜《とりこ》にしているに違いない。自然とそう思えてしまうくらいに見た目も印象も魅力を放っているが――しかし、現実というヤツは時折に予想外の事実を突きつけるものだ。

ハジメは「えへへ」と舌先をちらりと出して笑うと、

「でもよかった。一番最初に会った人が同性で。僕は女性が苦手で……」

三代の目が点になった。

「……いまなんて？」

「え？　その、えっと、一番最初に会ったのが同性で良かったなって」

ハジメの見た目はどこからどうみても女の子で、声も若干中性的ではあるもののどちらかというと女の子で、だから受けた印象も完全に女の子だった。

男だというのはにわかに信じがたいが……本人がウソを言っているようにも見えない。

自分の目はおかしくなってしまったのだろうか、と三代は心配になり何度も瞼《まぶた》を擦《こす》るが、そんなことをしても現実は変わらなかった。

リア充のコミュ力おばけならば、こうした時にも瞬時に正しい受け答えを出せるのかもしれないが、三代には無理だった。戸惑うことしかできず、現実と認識の齟齬《そご》から逃げるように顔を逸《そ》らした。

「藤原くん、急にそっぽ向いてどうしたの？」

「なん……でもない」

「？　あ、もしかして僕の顔に何かついてる？　どこらへん？　ねぇねぇ教えてよ」

「ち、近づくな」

「なんで〜。いいじゃん」

「よくない」

「変なことしないって。ただ教えて欲しいだけだよ。……どこだろ。ほっぺ？」

随分と距離感が近いのは、ハジメなりの〝早く仲よくなりたい〟という気持ちの表れなのだろうか。もしかすると、同僚や知人という枠を超えて、友達になりたいと思ってくれているのかもしれない。

だが三代は迷って困った。長くぼっちであったから、友達なんていなかった。そういうのが分からないのだ。

恋人の扱いなら分かるのだが……。

さてどうしたものかと三代が軽く頭を掻《か》いていると、カーディガンを羽織った二十代半ばくらいの女性が廊下の奥からやってきた。

「えーと……君たち二人が面接に受けにきた子？　意外と早かったね。待たせてしまったかな。遅れてごめんなさい。それじゃ面接を始めます。部屋の中に入って。……そこらへんの空いてる椅子に適当に座って大丈夫です」

どうやら面接官のようだ。ハジメと二人きりだと、どうしてもアレコレと考えてしまうことになるので丁度いいタイミングだった。

三代は部屋の中に入ると、言われた通りに空いている席に座った。一歩遅れて部屋の中に入ってきたハジメは三代の隣に座った。

「それじゃあまず……履歴書を見せて欲しいな」

三代は履歴書の入った封筒を渡した。ハジメも「僕も……」と履歴書を差し出した。面接官は受け取った履歴書を交互に見比べると、

「へぇ……どっちも高校生なんだ？　まぁそんな感じの見た目だけども。それで……部署の希望はどっちも確か清掃だったかな。藤原くんは雰囲気的になんか分かるけど、佐伯ちゃ……えっ、お、男の子なんだ。そ、そう。まぁいいわ。佐伯……くんは可愛《かわい》い容姿しているから、勿体《もったい》ない気がするかな。イベントの時にコスプレとかして人前に立ったりとか向いてそうだけど？」

ハジメも清掃希望だったらしい。人前に出るような部署を希望していそうな印象を三代は漠然と受けていたので意外だった。

ちらりと横目にハジメを見ると、熟した林檎《りんご》よりも真っ赤な色に頬を染めてぷるぷると震えていた。

「あの、その、前のバイト先で僕無理やり変な格好させられて……それがすごく恥ずかしくて。……女の子用のチャイナドレスで接客やらされて、変な目で見てくるおじさんとかもいて……」

その見た目や性格に反して、ハジメが人前に出ない清掃を希望したのには、どうにもそれ相応の理由があるようだ。

言葉だけ聞けば楽しそうなイベントやっていたに過ぎないようにも思えるが、大事なのは本人がどう感じていたか、だ。

ハジメは今にも泣き出しそうな表情をしている。思い出すのも辛《つら》い過去として認識しているのだ。

「……何か悪いこと聞いちゃったかな。ごめんなさい。……触れないようにするわね」

「いえ、僕の心が弱いのが悪いんです」

悪趣味だとは思いつつも、三代はなんとなく気になり、チャイナドレス姿のハジメを想像した。

だが、それと同時に突如として想像の中に志乃が現れた。志乃はハムスターのように頰を膨らませると、両手をぶんぶんと振って三代の妄想を消し始めた。

男の娘のチャイナドレス姿を想像しただけである。下心は当然だがない。志乃本人もここにはいない。

だというのに、なんだか悪いことをした気分になるのだから不思議だ。

2

「さて——それでは、以上を持ちまして面接を終了します。合否については二人とも採用です。本当は選考して後ほどって言いたいけれど、清掃ってあんまり人気なくて選考するほど応募もこないから」

面接はつつがなく進み、ありがたいことに清掃はあまり人気がないそうで合否は即決で決まった。

「それで……清掃の作業手順の研修をやるんだけど、これはさすがに今日じゃなくて後日ね。まだ何日かは工事中続くから。研修の日時の連絡は追ってするわね。あと、最後になったけれど私の自己紹介。小牧美佳《こまきみか》。一応は副館長で年齢は二十八」

面接官——小牧は簡単に自己紹介をすると、「あとは帰ってよし」と軽快に告げた。

これで終わりのようだ。

バイトの面接なんて初めてのことだったので色々と緊張もあったが、案外なんとかなった。三代は安堵《あんど》の息を吐《つ》いた。

すると、

「ねぇ藤原くん藤原くん」

ハジメがくいくいと袖を引っ張ってきた。

「どうした？」

「……僕たちどっちも受かったね」

「あー……そうだな」

「お互い困ったことがあったり、相談したいこととかこの先に出てくると思うんだ。だから……その……」

ハジメはスマホを取り出すとぎゅっと握った。

「連絡先……教えて欲しいな。……駄目かな？　仕事仲間なら知ってないとおかしいよ」

確かに、ちょっとした連絡を回す時や情報交換をする時もあるのだろうから、連絡先を交換していた方がよいのは一理ある。

だが、それにしても妙に断り辛《づら》くあざとい可愛さに満ちた言い方だ。

狙っているわけではなさそうだが……恐らくこういうところが、過去に変な格好をさせられた原因な気が三代にはした。

「いい……よね？」

「……まぁそうだな。知っていた方がいいだろうな」

「ありがとう！　嬉しいな。えへへ。じゃあ電話番号とメールアドレスとメッセージアプリのIDと他にも写真とかショートビデオの投稿SNSのアプリのIDとそれと……」

「ま、待て俺はそんなにアプリやらを入れていない」

「そうなの？」

「見れば分かるだろ。俺は見た目通りに陰キャのぼっちだからな。SNSなんてほぼやらない」

「うーん……大人しそうには見えるけど別に陰キャってほどじゃ……っていうか陰キャだからSNSやっちゃダメって法律もないよ。僕だって陰キャよりだし」

「俺の目には陽キャに見えるんだが」

「そんなことないよ。……折角だから藤原くんもアプリ入れなよ。ツーショットの写真撮って投稿しようよ。ハートのデコつけてカップル風とかにしてさ」

「い、いやだ」

「えー」

距離感の近いハジメに三代はたじたじだったが、しかしお陰で確信することができた。

ハジメは自分と友達になりたがっているのだ、と。

初めての友達になれそうな存在に戸惑いは多いが、そう悪い気分ではなかった。スマホに登録された新たな連絡先を見つめる三代の表情には、どこか柔らかさがあった。

ただ、一点だけ気になることもあった。

志乃だ。

ハジメの存在を志乃はどう捉えるのか分からず、三代は少し悩んだが……とりあえず今は隠しておこうと思った。

11月10日〜11月17日　灰色の青春がいつの間にか鮮やかだね。

1

アルバイトの面接は無事に終わった。だが、三代《さんだい》は一息吐くことも許されず、すぐにまた忙しくなった。学祭がやってきたのだ。

土曜日というのもあるが、学祭はおおいに賑《にぎ》わいを見せていた。地域住民以外にも、他校の生徒や大学生のような人たちの姿も沢山ある。

去年はスルーして不参加を決め込んだ三代は、学祭の規模を全く知らなかったこともあり目の前の光景に面食《めんく》らっていた。

「……こんなに集まるものなんだな」

目を丸くして頬を掻く三代を見て、志乃《しの》がくすくす笑った。

「ふふ、まぁ……ウチの学校は生徒数は多い方だから、規模もそれなりだしね。見にくる人も多いんだよ」

「俺は去年スルーしたから知らなかったな」

「あたしは一応去年参加したかな。ちょっと時間あったからね。お化け屋敷《やしき》やるっていうからお化けの役やった」

「へぇ」

「ありきたりな出し物なのに、なんでか好評でいっぱい人が見にきたんだよね。立ち止まってあたしをマジマジと見てくる人も多くて、これはかなり上手にお化けメイクできたんだなーってちょっとは嬉《うれ》しかったかな」

上手にお化けに扮《ふん》せたからではなく、やたら凄《すご》い美少女がお化けをやっている、というのが集客の要因だ。どう考えても。

だが、当人はメイクが上手にできたからだと喜んでいる。下手に「そうじゃない」と指摘しても気分を悪くさせるだけなので、三代は適当に相槌《あいづち》を打った。

まぁそれはともあれ。

三代と志乃は、以前に委員長に言われたことを履行すべく動いた。クラスの出し物である喫茶店の裏方の手伝いだ。

高砂《たかさご》を含め、何人かの女子と男子が細々と作業している中に、なるべく目立たないようにしれっと交じった。

だが——ギャルとぼっちという異質なカップルが出す雰囲気が、そんな簡単に隠せるワケもなかった。

「ちょっとそこの蜂蜜取ってー」

「これか？」

「うん」

「追い蜂蜜ー」

「さらに蜂蜜かけるのか？　甘くなりすぎないか？」

「それは蜂蜜の種類にもよるかな？　蜂さんがどんなお花から蜜取ってきたかで味変わるから。これはほら、栗《くり》の花って書いてあるから少し苦味あるよー」

「花によって味が変わる……言われてみればそれもそうなのか。ところで、蜂蜜って言えばハニーって言うよな」

「……ちょっとあたしのことハニーって呼んでみて？」

「……ハニー」

「やだー凄いふわふわする！」

二人がこんなやり取りをするものだから、裏方作業のクラスメイトたちがすぐ気づき、目を逸《そ》らして手元がおろそかになる者が続出していた。砂糖と間違えて塩をドバーっと入れてしまっていたりした。

「いいなぁ藤原《ふじわら》。結崎《ゆいざき》さんみたいな子と付きあえて。俺も可愛《かわい》い彼女欲しい」

「……私も彼氏欲しいな。カッコいい彼氏」

「藤原くんが結崎さんみたいな美少女をゲットしたんだから、逆パターンで私たちも超絶イケメンをゲットできるかもだし、頑張ろうって思えるよね」

「俺も頑張れば美少女の彼女できるかも……」

「四楓院《しほういん》くんは……私をどう思ってるのかな……」

漂う甘さに当てられると、自らも糖分を摂取したくなるのだろうか。そうとしか思えないような呟《つぶや》きばかりが聞こえてくる。

2

学祭は何事もなく進み、このまま平穏に時は過ぎる……と三代は思っていたが、徐々に裏方が忙しくなり始めてきた。

何かおかしい気がした。

やっていることはただの喫茶店であり、新しさの欠片《かけら》もないのにどうして忙しくなるのかよく分からないのである。

三代はちらりと現場を覗《のぞ》き見た。

すると、そこに広がっていたのは見渡す限りの男性客だ。

頭にうさ耳や猫耳をつけ、ガーターベルトやバニーガールなきわどい格好で接客する女子たちの姿も見えた。

色々な意味で思わず目を覆いたくなる光景であるが、思い返して見ると最初からこういう路線になる予兆はあった。志乃がきわどい格好を拒否していたが、そもそもきわどい格好をするのが普通であるかのような空気がおかしいのだ。

普通の喫茶店ではないのがその時に既に確定路線だった、というワケだ。

「丁度いいところに来てくれたな、藤原くん」

いきなり制服の襟首を摑《つか》まれ、三代は「ぐえ」と鳴いた。振り返ると委員長がいた。

「実は数を間違えて看板を一つ多く作ってしまっていてな。勿体《もったい》ないから藤原くんもこれを使って客引きを頼む。校内を練り歩いてきてくれ」

委員長はそう言うと、なんだか怪しげな黒色の看板を三代に握らせた。

「ええ……看板余ったからってやらせるのは、それは違うだろ約束が」

「聞こえないな。善は急げと言うのだよ、藤原くん」

委員長にぐいぐい押されながら三代は訝《いぶか》しげに看板を見つめる。そこにはピンクの丸文字でこう書かれていた。

『可愛い女の子がきわどい格好でにゃんにゃん接客してくれるにゃん。』

まるで風俗店の看板だ。

どう見ても大人に怒られそうな感じで、真面目そうな委員長がこれに疑問を抱かないのが不思議ではあるが、やたら輝くその瞳を見れば冷静さを失っているのが分かる。

――実質上ラストの学祭。

委員長はそう言っていたが、全力でやれる最後の学祭だからこそ常識を忘れてしまうくらいに熱くなっているのだ。これを特に問題視しているクラスメイトもいないのだから、クラス全体がそういう雰囲気なのも分かる。

周りが見えなくなってる人間には、何を指摘しても無駄だし喧嘩《けんか》になるだけだ。余計な揉《も》め事は遠慮したい三代は仕方なく引き受けることにした。

ひとまず体裁を保つために看板を持ってウロついてみる。客引きは適当でも形だけやっているように見えれば、納得はして貰《もら》えるハズだ。

そうした心構えから警戒心のない歩き方になったのが悪かったのか、適当に校内を歩いていた三代は遭遇してはいけない人物と出逢《であ》ってしまった。

「――おい藤原。その看板はなんだ？」

中岡《なかおか》に見つかった。

「可愛い女の子がきわどい格好でにゃんにゃん……？　私は喫茶店をやると聞いて許可を出した覚えはあるが、こんな夜の店みたいなものをやる許可を出した記憶はないんだが」

「その……」

「一体どういうことだ？」

「俺はこれを持って宣伝しろって言われただけなので……」

「ふむ」

中岡は顎に手を当てると眉間に皺《しわ》を寄せる。そして言った。

「まぁなんだ……学祭は一般入場も行っているのだから、つまり不特定多数の人間の目に触れる。こういう催しではある程度の配慮が必要だ。今から出し物の趣旨の変更もできんだろうし、うちのクラスは中止だな」

その通りですね、というのが素直な三代の感想だった。

たとえ思い出作りに励んだ結果の熱意の暴走だとしても、高校生が怪しいお店の真似事《まねごと》を真昼間から堂々とやっているのが咎《とが》められるのは当たり前だ。

三代は空を仰いだ。

日は高くまだお昼頃だろうか。

学祭全体はまだまだこれからが本番だが、三代たちのクラスの学祭は一番盛り上がる瞬間を迎えることなく終わりとなった。

3

――喫茶店は終了しました。

中岡はそう書いた貼り紙を扉に貼ると、ため息を吐《つ》いて教室に入ってきた。すると、クラスメイトたちが次々に中岡に文句をぶつけ始めた。

「別に肉体的な接触があったわけではありません！」

「少しえっちな格好しただけだしねぇ……？」

「ちょっと恥ずかしかったけどチップくれた人もいたし……」

「変わった格好で喫茶店やっただけじゃないですか！　これをエロいと思う人の方がエロ

いんですよ！」

中岡はぎゃーすかと喚《わめ》き立てるクラスメイトたちを一瞥《いちべつ》すると、大きく息を吸い込み大声で一喝する。

「文句を言うな！　黙れ！」

生徒の青春の暴走を面白がる時もある中岡だが、その一方で真面目なことを言う時もある。生徒の自主性は重んじながらも、越えてはいけない一線を越えた場合には毅然《きぜん》と怒るタイプだ。

クラスメイトたちも、自分たちが常識の範囲内を軽く超えてしまっていたのを一喝されてさすがに理解したのか、次々に降伏し始めた。

「は、はい」

「……ごめんちゃい中岡ティーチャー」

「サーセンした」

「ごめしゃす」

「なんだその言い方は。本当に反省してるのか？　……まぁいい。とにかく学祭は一般にも開放されているのだから大勢の人がくる。クレームでも入って教頭とか校長の耳に入ったら大変なことになるんだ。私も庇《かば》いきれないかもしれん。ったく……ガーターベルトやらバニーガールやら……どこから集めたのか分からんが全部没収だ」

中岡はそう言って衣装の数々を段ボール箱にぐいぐい押し込み、

「それじゃあ解散！　あとの学祭は客として他のクラスの出し物でも楽しめ！」

そう言って勢いよく扉を閉めて去った。

教室にはとても重苦しい沈黙が流れるが……時間が経《た》つにつれて中止という現実に向き合う者が徐々に増え、ぽつりぽつりと一人また一人と教室から姿を消した。

なお、三代と志乃の二人は元々そんなに強い参加意欲があったワケでもないので、他のクラスメイトたちと違って落胆したりはしていなかった。

無、である。

「なんか……知らないうちにあっという間に学祭終わっちゃったね」

「駄目になったものはしょうがない。他のクラスとか学年の出し物でも見に行くか。暇だしな」

「うん」

何事もなかったかのように三代と志乃が教室を出ると、後ろから委員長の悲痛な叫び声が聞こえてきた。

「――うおおおお！　思い出に残る学祭になるハズだったのにぃいいいい！」

委員長の学祭への熱意は確かに本物であった。

それは明らかだ。

しかし、何事にも加減というものがある。実質上最後の学祭だからと冷静さを失ったのが悪いのだ。

つまり自業自得《じごうじとく》だが……しかし、そんな委員長のことを心配するクラスメイトもいた。

高砂だ。慌てて委員長の許《もと》へ駆けよっていた。

中止による怪我《けが》の功名があったとすれば、高砂と委員長の関係がまた一歩進展しそうな点だ。傷心時に寄り添われるのは、恋愛を前に進めるキッカケの定番である。

こういう時は邪魔をしないに限るので、三代はそっとしておくことにして、志乃と一緒に学祭を巡りを始めた。

一つ一つ、各学年各クラスの出し物を見て回る。何かの展示会をやっているところ、体育館でライブや劇を行うところ、学祭の出し物は様々で生徒数が多くクラスの数も多い学校であるから見て回るのも一苦労だ。

「疲れたー。おんぶして〜」

志乃は歩き疲れたらしく、目を×にしてそんなことを言った。分かりやすく甘えてきている。

「……しょうがないな。ほら」

「うー」

以前にも背負ったことはあるので分かってはいるが、志乃はとても軽かった。あまり体力も力もない三代でもそこまで苦にならないほどだ。

健全な男の子らしく細くても柔らかい志乃の体への興味は尽きないが、それでも以前同様に三代は感触を楽しまないようにした。

欲望を剝《む》き出しでぶつけないからこそ、ただ自分だけが満足することだけを考えないからこそ志乃も甘えてくれている。

それを裏切るような真似だけはしたくないのだ。

「ごーごー」

「はいはい」

「それはお馬さんの鳴き声じゃないなぁ」

「ひひーん。……これで満足か？」

「よし」

志乃をおぶる姿は色々な意味で注目されるが、好機の視線など今までもずっと浴びてきたのだ。元から三代は図太い方ではあるが、最近は更にそれが増して、もはやどう見られようが構わない境地に至っていた。

人混みの隙間を通るように進み長椅子を見つけ、三代は屈《かが》んで志乃を降ろした。

「ふいー椅子発見。きゅーけい」

「自販機で飲み物買ってくる。何か飲みたいものはあるか？」

「大丈夫だよー」

「彼女の為《ため》に動いた、という彼氏らしい行動を俺に取らせて欲しいんだ。それに……ただでさえ最近ずっと弁当作って貰ってるしな」

「……ありがと。それじゃあミルクティー飲みたいな！　売ってたハズ」

「了解」

4

がこん、と音を立てて自販機の取り出し口にミルクティーが落ちてくる。三代はそれを手にするとのんびりと帰路についた。

その時だった。

たまたま通り掛かった保健室の中から変な声が聞こえてきた。思わず三代は立ち止まる。

「ぴょ、ぴょーっん」

「中岡先生……まだ恥ずかしさが残っていますね。うさぎさんっぽくないです」

「いや、さすがにこの歳《とし》でこの格好でうさぎの真似はな……」

「大丈夫ですって。全然イケますよ。私たちまだギリギリ若者ですから。ギリギリ」

「そうか？」

「そうですそうです。アラサーは若者ですよ。……それじゃあ、本当のうさぎさんの気持ちになってもう一度ですね。いち、にい、さん――はい」

「ぴょーん！」

中で何が起きているのか気になるような会話だったものだから、三代はそおっと保健室の扉を開けた。

そこには――バニーガール姿の担任の女教師がいた。女性の養護教諭の手拍子に合わせて、両手を頭に当ててうさぎの耳を作りながら尻を振り、「ぴょーん。ぴょーん」と繰り返していた。

「中岡先生……何をしているんですか？」

絶句しつつ三代が呟《つぶや》くように訊《き》くと、中岡と養護教諭は同時に振り返った。アラサー女性二人は目を丸くしながら固まり、じんわりと脂汗を額に浮かべていた。

ごくり、と三代は唾を飲み込んだ。

中岡が着ているのは、生徒たちに説教をして取り上げた衣服の一つだ。それを勝手に拝借してうさぎの真似をしているのだ。

「先生……」

「……ぴ、ぴょん。違うんだぴょん。ここにいるのはウサちゃんなんだぴょん。中岡なんて女はいないんだぴょん。藤原くんは何も見てないんだぴょー……ん」

これは見なかったことにした方がよい、と三代は直感した。

中岡も教師である前に一人の人間であるので、恐らく一過性の出来心で過《あやま》ちを犯したのだ。まさか生徒に――それも自分が担任を受け持つクラスの子に――目撃されるなんて、考えもしていなかったに違いないのだ。

取り乱している様子を見ればそれは分かる。

これは中岡の教師としての面子《メンツ》と、そしてなにより女性としての尊厳が脅《おびや》かされている状況であるので、それらを守ってあげるのなら忘却すべき光景だった。

人の弱みを握って言うことを聞かせたりとか、そういうあくどいことを考えるタイプならば『いいネタが手に入った』と喜ぶ状況なのだろうが、あいにく三代はそんな男の子ではなかった。

それに、三代は中岡に負い目もあった。借りがあるのだ。つい最近に中岡は三代と志乃のキスを目撃しながらも空気を読んで見ないフリをしてくれた。

三代は今が借りを返すには絶好の機会だとして、ロボットのような動きで回れ右をすると廊下に出てピシャッと保健室の扉を閉めた。

——……あの子、中岡先生のクラスの生徒ですか？

——……うん。

——……。

——……。

——見られ……ちゃいましたね。

——お、お前のせいだぞ！　お前がやらせるから！

——た、確かに勧めたの私ですけど、でもやると決めたのは中岡先生でしょう！　大人なんだから自分の行動には責任を——

——うるさいうるさいうるさい！　言い訳は聞かん！　大体にしてなんだこのドスケベボディは！　おん？

——やめてください～揉《も》まないで～。

三代は全てを見なかったことにしようと堅く心に誓ったが、しかし、今の光景を忘れるのも中々に難しいのも確かだ。

それだけ衝撃的な現場で、志乃のもとに帰ってきても三代の脳裏に中岡の衝撃的なバニーガール姿が焼きついたまま離れなかった。

だが、忘れなければならないのだ。三代は首を振って無理やり中岡を記憶から追い出した。

「……どしたの？」

「ちょっと大きなうさぎと出会ってな。そのせいだ」

「うさぎ？」

「なかお――いや、なんでもない。それよりも、ほらミルクティー」

三代は思わず口走りそうになった名前を呑《の》み込み、ミルクティーを渡して志乃の隣に座った。

志乃は小首を傾《かし》げていたが、三代が死んだ魚のような目をしていたこともあってか、特に聞き出そうとはせず缶に口をつけてちうちうと飲み始める。

「……おいちい」

「ならよかった」

「うん。ありがと。……って、そういえば自分の分は買わなかったの？」

「俺はそんなに喉が渇いてないからな」

喉が渇いていないのはウソではなく本当なのだが、志乃は「んっ」と途中まで飲んだミルクティーを差し出してきた。

「……半分こにしよ。もう半分飲んだから残り飲んで」

気にするなと断ってもよいが、それでは志乃も納得しないのだろうから、三代は申し出を受けた。ぐいっと飲み干して、中身の無くなった缶を空き缶用のゴミ箱に捨てる。かこん、と缶が落ちる音が廊下に響いた。

廊下に差し込む夕日がそろそろ落ち始めてきた。学祭はもう終わりで、後片付けを始める生徒たちも出てきた。

打ち上げだとか夜会だとかで食事やカラオケに行くクラスも多く、三代たちのクラスも出し物は中止にはなったものの、校内に残っているクラスメイトを見つけてそういう話を回してくる子たちがいた。

だが、三代も志乃も参加は見送った。理由は二人で一緒の時間の方を優先したいからだ。

「……帰ろ」

街中を散歩したり、一度マンションに寄って一緒にまったりしたり、そんな時間を過ごして三代は志乃を駅まで送っていった。

そして、ちゅうをする。それから電車を見送って時計を確認した。

「二十二時……」

深夜アニメが始まるまでの時間を考えると、少し勉強ができるかどうかといったところだ。

三代が欠伸《あくび》をしながら駅から出ると、スマホが鳴った。

「……志乃か？　いや違うな。ＳＭＳメッセージ……誰だ？」

もしかすると親からの久しぶりの連絡かとも思ったが、仮にそうであれば名前が表示される。これはただ電話番号だけが載っていた。つまり、未登録の知らない相手からの連絡だ。

「適当な番号にメッセージ送る系の悪戯《いたずら》？」

まず浮かんだのはそれだったが、役所や電力会社などからの喫緊の連絡の可能性もあるにはあるので念のために内容を確認した。

——今日保健室で見たことは誰にも言わないでくれ。お願いします。なんでもしますから。

差出人が誰かすぐに分かってしまうメッセージだった。

「……先生」

中岡がどうやって三代の電話番号を知ったのかについては、恐らく連絡網だ。両親が海外にいる関係でクラスの連絡網には三代自身の携帯番号が載っている。それを見て送ってきたのだ。

電話ではなくSMSメッセージにしたのは、直接話すのが恥ずかしいからだろうか。まぁともあれ三代は『俺は何も見ていませんが』と返信した。

中岡は安心したのか、それとも三代の口が堅いことを察したのか、そのどちらなのかは分からないが更なる返信はしてこなかった。

やれやれと三代が肩を竦《すく》めるが、しかし、続けて別の人からメッセージが届いた。どうにも今日の三代のスマホは忙しかった。

「今度はなんだ……」

唸《うな》りながら送信者を見ると、バイトの内定を貰《もら》った水族館からだ。夜分の連絡になったことを陳謝しつつ、仕事内容の説明や研修を行うので次の日曜日十三時に来て欲しい、という内容だった。

「次の日曜日か……」

次の日曜日は特別な用事もなく志乃も日中アルバイトだ。つまり昼間は三代も暇である。断る理由もないので了承する旨《むね》を送り返した。

5

限られた時間の中でもしっかり志乃といちゃつく日々を過ごしていると、次の日曜日はすぐにやってきた。バイト先の水族館から指定された時刻が近づいているのを確認してから、三代は支度を整えて向かった。

日曜日ということもあって街の人通りは多く、時折にすれ違う人とぶつかりそうになる肩に気をつけながら歩いた。

少し余裕を持って出たこともあり、指定された時間より二十分も早く着いた。すると、ハジメの姿が見えた。

「――藤原くん！」

「おー……佐伯《さえき》か」

なんだか久しぶりにハジメを見たような気がして、三代は変な懐《なつ》かしさを感じた。面接からそう時間が経《た》っているワケではないのだが……。

「半年ぶりくらいの再会な感じがするな」

「え？　そんなに経ってないよ？　先週くらいじゃん面接あったのさ。やだなぁそういう冗談、面白くないよ」

ハジメは口を尖《とが》らせながら俯《うつむ》き頰を膨らませた。

とてもいじらしくて可愛《かわい》い仕草だが――ハジメは男の子なのだ。どこからどう見ても女の子にしか見えないが――男の子なのだ。

「男の娘は男にあらず……しかし男の娘であるのもまた事実か」

「ど、どうしたの変なこと言い出して……。哲学か何かの話？」

「世の中は不思議なことが多いなと思ってな」

「ふぅん。……ところで藤原くん全然連絡くれないね？」

「連絡？」

「連絡先交換したのに、全然連絡くれないから寂しいなって思ってたんだよ？」

「それは俺の性格の問題だな」

「放置プレイが好きなの？」

「もしかしてからかってるつもりか？」

「そういうんじゃないけどさ……」

「まぁアレだ……連絡と言われても、どうすればいいのか俺も分からないんだよ。何せ少し前まで完全ぼっちだったからな。俺からの連絡を待つよりも佐伯の方からして欲しい」

「僕から連絡するのは何か負けた気がするんだよ〜」

「勝ち負けの話でもないだろ」

そんなとりとめもない会話をしていると、水族館の中から出てきた小牧《こまき》から声をかけられた。

「二人とも早いわね。感心感心」

「おはようございまーす」

「おはようござ……おはようございます？」

ハジメが昼なのに朝の挨拶をしたので、三代は怪訝《けげん》に首を捻《ひね》った。すると、はじめは『えっへん』と無い胸を張って説明を始めた。

「接客業だと大体入りは『おはようございます』だからね。……理由はよくわかんないけどね」

「そうね。佐伯くんの言う通り接客業は出勤時に『おはようございます』って言うとこ多いわね。私も理由よく分からないけど」

特に接点のないハジメと小牧の二人の結論が一致しているのだから、きっと〝世間の常識〟というヤツなのだ。

三代が「なるほど」と頷《うなず》いて納得していると、小牧が真新しい段ボール箱を持ってきた。

「まぁ挨拶の起源はともかく……今日の本題。早速だけど二人ともこれに着替えてね」

段ボール箱の中には水族館のロゴ付きの作業服と長靴が入っており、『本当に働き始めるんだな』という実感が湧いたが、そういった感覚は三代だけのようだ。

それなりに働いた経験があるハジメは、「はーい」と気負わずに受け取っていた。

「ねぇねぇ、この作業着、背中にイルカさんの絵があるよ！」

「そうだな」

「更衣室は……あっちだね。一緒にお着替えだね？」

「あぁそう――」

――だな。

と三代は流れで頷きかけたがハッと我に返った。

ハジメと一緒はに着替え……男同士なので気にする必要はないのだが、それでも何かよくない気がするのだ。

「……俺はトイレで着替えるよ」

「ど、どうして？　一緒に着替えようよ」

「なんとなく」

「僕のこと嫌いなの……？」

「そういうワケじゃないが、なんというか、着替えは一人でしたい主義なんだよ」

三代が適当な言い訳を並べ立てると、ハジメは若干落ち込みつつも「そっか」と納得してくれた。

妙な申し訳なさを感じこそしたが、一緒に着替えると重大な——知ってはいけない何かを知ってしまうような——そんな直感があった。

三代は作業服を片手に急いでトイレに入り着替えを始めた。変に慌てたせいで手間取ってしまったがなんとか終えた。

廊下に出ると、はじめの方が先に着替えを終えていたらしく、壁を背にして待っていた。

「待ってくれてたのか？　別にそんなことしなくても……」

「そんな悲しいこと言わないでよ。もっと藤原くんと仲良くなりたいんだよ。……なんなら腕とか組んじゃう？」

腕を組むのが男同士の仲の良さのバロメーターなのだろうか。三代にはよく分からなかったが違う気はする。

「……腕は組んだりとか男同士でやることか？」

「男同士でも仲が良ければ腕を組むくらいするよ？　ぼっちの藤原くんには分からないかもしれないケド今時はそんな感じだよ」

「そ、そうなのか？」

「なーんてね。冗談冗談。えへへ。藤原くんってかあいいね」

　してやったり、と言わんばかりにハジメは満面の笑みを浮かべる。

　ハジメに自覚はないのだろうが、人をからかう時のやり方が女の子そのものだ。見た目と合わせると完全に男の理想とする美少女なので、周囲があの手この手でハジメに女の子の格好をさせようとする気持ちが三代にはなんとなく分かってしまった。

　まぁそれはさておき、着替えが終わったので小牧のところまで戻ると、次に作業手順が書かれた紙と火鉢とゴミ袋を渡された。

「仕事の手順というか研修なんだけれど……そこまで習熟が必要な何かがあったりはしません。この紙に書いてある通りに進めてくれればＯＫ。特別な技術や技能は何も必要無し！」

落水清掃という知識が必要そうな項目もあるが、これは責任者が指示を出すと注意書きがある。難しく考える必要はないようだ。

「今日はとりあえず、雰囲気をざっくり摑《つか》んで貰うのが目的だから楽にやりましょう。もちろん今日の分もきちんと勤務時間として計上するからね。それじゃあ周辺のゴミ拾いから始めましょ」

ゴミ拾いは特に問題が起きることもなく順調に進んだが、ほどなくして分かれ道に遭遇したので三手に分かれることになった。

分かれた道の先で、三代は焦《あせ》らずにゆっくりとゴミを回収していった。決してサボっているのではなく勉強と同じ要領で進めているだけだ。

こういう地道な作業は、焦らずきちんと積み重ねた方が結果になる。事実、一つ一つのゴミを取りこぼさずに冷静に回収していくと、あっという間に袋が満杯になった。

三代が水族館へ戻ると、一番乗りであったらしくハジメと小牧の姿がなかった。二人は十分くらい遅れて戻ってきた。

「藤原くん早いよ……」

「……私と佐伯くんはちょっと時間かかっちゃったね。まぁ男の子とは動き方も体力も違うから同じようにはいかないのは仕方ないけど」

「僕も男の子です……」

「そ、そうだったわね。佐伯くんも男の子だったものね。そ、そうだ、それじゃあ次は集めたゴミの分別を始めましょうか」

小牧は不用意な発言を誤魔化すようにゴミ袋の口を開けると、今度はそそっと三代に近づいてきた。

「ねぇ……藤原くん、ちょっとやってみて分かったと思うけど、清掃って地味な作業だと思うでしょ？」

小牧の声のトーンには窺《うかが》うような雰囲気があった。やっぱりやりたくない、と言われることを心配している感じというか。

清掃の仕事は小牧が前に指摘した通りに地味だ。だが、敬遠する若者ばかりではないし、そもそも三代は清掃だからこそ応募したのだ。

「個人的には、こういう仕事も結構面白いと思いますよ？」

三代が淡々とそう述べると、小牧は表情から憂いを消してはにかんだ。

「……そうだよね。派手に活躍ができるかどうかとか、そういうことばかり考える若い子は多いけど、こういう地味だけど必要な仕事だって面白くないわけじゃないものね。藤原くんはしっかりしたいい男になりそう。お姉さん唾つけとこうかな？」

単なる冗談なのだろうが、万が一本気だったとしたら困る話だ。なので、三代はすぐさまに「もう唾はつけられているのでやめてください」と丁重にお断りを申し入れた。

「もう唾をつけられている？　ふぅん。彼女いるんだ？」

小牧は三代のことを〝地味〟と見ているからか、彼女の存在を意外に思ったらしく、随分と訝《いぶか》しげだった。

「なんですかその目は。本当にいますよ、彼女」

「……どんな子？」

「言わなきゃ駄目な感じですか？」

「もしかして本当はいなかったり？」

「いますってば……」

「じゃあ教えて」

ずっと疑われ続けるのも面倒だ、と思った三代は諦めてスマホに保存している志乃の写真を小牧に見せた。

「この子ですよ」

「うわっ凄《すご》い美少女……これは私じゃ勝ち目がないねぇ」

軽い口調のせいで冗談なのか区別がつかないが、とにかく志乃の存在を知ったことで小牧の興味も収まってくれたようだ。

「はぁ……。お姉さん彼氏欲しいんだけどな」

「小牧さんの年齢が分からないからですが、少なくとも成人は過ぎているように見えますけど、それで高校生男子を狙うのは危険な香りが」

「そんなに歳《とし》は取ってないよ？　まだ二十八だし」

「十歳くらい離れてますよ……？」

あはは、と笑って誤魔化した小牧だが、その瞳に反省の色がある。もう変なことを訊《き》いてこなさそうではある。

このあと館内をぐるっと一周しながら、『こういう風に』と箇所ごとの掃除の仕方を簡単に教わった。

「……研修はここまでです。他には特にないかな。シフトについては後で暫定版を連絡するから、問題があればその時に教えてくれればＯＫです。それじゃあ後は帰って大丈夫！」

一仕事終えた、とでも言いたげに額を拭う小牧に挨拶をして、三代とハジメは元の私服に着替えて外へと出る。もちろん着替える場所は別々にした。

三代が欠伸《あくび》をしながら帰ろうとすると、ハジメが「ちょっと待って」と呼び止めてきた。

「ねぇ藤原くん。さっき小牧さんとの会話が聞こえてきたんだけど」

「小牧さんとの会話……？」

「うん。藤原くん彼女いるんだ？」

「あぁそれか。聞こえてたのか。まぁいる」

「凄い美少女って聞こえてきたんだけど？　僕にも見せて！」

ハジメが腕に縋《すが》りついてせがんできた。

まぁ小牧には見せたのにハジメには見せないというのも筋が通らない。優劣をつけられているようでハジメも気分を悪くするハズだ。

「この子だな」

三代が志乃の写真を見せると、ハジメは「わっ」と声をあげた。

「……モデルとかアイドルより可愛《かわい》いっていうか、この子もしかして結崎志乃さん？」

「知ってるのか？」

「凄い有名だよ。僕の学校でも必ず誰かが話題に出すしね。……結崎さんってSNSとかやってないっぽくて、全然連絡とか取りようがなくて、それで余計に希少価値みたいなの感じてる男の子多いよ」

「変なDMくると嫌だからSNSはやらない、って言ってたな」

「なるほどね。……でも、そんなガード堅い結崎さんとどうやって出逢《であ》ったの？」

「同じ学校なんだよ」

「あー……納得。それなら直で仲よくなれそうだね」

ふいに小さな風が吹いて、ハジメから甘く柔らかい匂いが漂ってきた。志乃の匂いと同じだった。

「今の匂い……」

「うん？」

「いや、なんか佐伯の方からいい匂いがしたなと思って」

「いい匂い？　もしかして、香り付きのハンドクリームかな？　ほら、少し嗅いでみて」

ハジメが差し出した手の甲を嗅ぐと、確かにそこから匂いがしていた。

「これジルの新作なんだ。デパコスの定番ブランド。可愛いデザインのパッケが多いからプレゼントとかでも人気あるヤツだよ」

男の子のハジメがどうして女の子用のコスメを使っているのかはひとまず横において、『プレゼントとかでも人気』という部分に三代はビクっと反応する。

クリスマスに志乃に贈る為《ため》に購入した下着のことを思い出した。今さらながらだが、下着のプレゼントは何かおかしい気がした。

「プレゼントで人気……」

「そうだよ」

「もしかしてだが、クリスマスとか誕生日とか、そういう時のプレゼントとして人気とか？」

「うん」

「……そうか。ちなみになんだが」

「なに？」

「もしも女の子がプレゼントで下着とか渡されたらどう思うだろうか？　それも結構えっちなヤツ」

「え？　あー……そうだね……貰《もら》う女の子の性格次第だろうけど……普通は戸惑うんじゃないかな。や、だって普通に考えてプレゼントする？　逆の立場で考えてみたら分かりそうなものだけど。例えば仮に藤原くんが結崎さんから妙に卑猥《ひわい》な感じのデザインの男性用の下着プレゼントされたらどう？」

「なに考えてんのかな……って思う……かな」

「でしょ？　同じだよ」

ぶわっと嫌な汗が三代の体中から噴き出した。

美希《みき》に乗せられて勢いのままに買ってしまった下着だが、よくよく考えてみなくとも美希は小癪《こしゃく》な性格をしているのだ。

――「いろいろ楽しかったし、まんぞくしたから」

そう言って早々に美希が帰った理由が今になって分かった。後のことを想像するだけで、もうそれだけで楽しくて仕方ないのだ。

気づくのが遅かった。

しかし、今さら別のプレゼントを買う金銭的な余裕もなかった。今の三代にできることは『どうか〝変態〟と思われませんように』と祈ることだけだ。

三代の足取りは重く空気もどんよりとし始めるが、しかし、そんな三代をハジメが元気づけてくれた。

ハジメはバシっと三代の背中を叩《たた》くと、

「ほーら！」

「うおっ……急になにを……」

「よくわかんないけどさ、プレゼント選び失敗したとかそんな感じ？　大丈夫だよ。きっとね」

「……何を根拠に」

「女の子は意外と男の子より心が広いんだよ。付きあってるってことは、向こうも藤原くんのこと好きになってくれたんでしょ。だから大丈夫だよ。好きな男の子とか気になってる男の子が多少変でも許すよ。しょーがないなって。そういうとこも可愛いなって。そういうものだから」

男の子のハジメに女心の深い部分まで分かるのかは謎だが、それでもなんだか元気が出た。すっと心が軽くなった。

「ありがとう」

三代が笑顔でそう言うと、ハジメがじっと見つめてきた。瞳孔が開いているかのような その大きな瞳は水気を含んで潤んでいる。

吸い込まれそう……な瞳だ。

思わず三代が見つめ返すと、ハジメはくるっと回れ右をして、

「どーいたしまして。ふふ……かぁいいね藤原くんは。それじゃーね」

そう言って手を振りながらゆっくり去っていった。

三代はじっとハジメの背中を見つめていたが、やがて志乃のバイトがそろそろ終わる時間なことに気づいた。

今日は日曜日だ。志乃のバイトが終わるのは午後六時。スマホで時刻を確認すると五時

四十五分。

走らないと間に合わなさそうなので三代は走り、その甲斐《かい》あってどうにか五分前にカフェに着いた。

「む？　志乃ちゃんの彼ピくんご来店」

「どうもです」

「ささこちらに」

案内されるがままに一番目立たない奥の席に座ると、彼氏特典の紅茶がすぐに差し出される。ほんのりと湯気が立っている紅茶を三代は一気に飲み干した。すると、私服に着替え終わった志乃がバックヤードから出てきた。

「やほー」

「ん」

「じゃーかえろー」

店の外に出ると、冷たい風がビルの隙間を通るようにして吹いた。

「……今の風すっごい寒かった」

「そうだな」

三代はいつも以上に志乃とぴったりとくっつき、その手を握った。

些《いささ》か冷たい志乃の手は、けれども握り続けているとじんわりと温《ぬく》もりが広がって心地よかった。

マンションへ向かう道すがら、三代はふいに志乃の横顔を見た。ハジメから励まされたし心も少し軽くなったが、それでも、クリスマスプレゼントを渡した時にどういう反応をされるのか……不安がゼロではないのだ。

「どしたの？」

「いや……その……」

「あーわかった！　ちょっと待ってて！」

志乃はごそごそと鞄《かばん》の中からマフラーを取り出すと、半分を自分の首に巻き、それからもう半分を三代の首に巻いた。

「首寒かったんでしょ？　これならあったかいでしょ？」

「……そうだな。あったかいな」

「でしょでしょ」

三代は苦笑した。なんだか毒気を抜かれてしまった。

そして気づいた。

志乃はこうして何かと気遣ってくれる優しい女の子であって、少なくとも怒ったりしない彼女であると確信を持てた。

プレゼントは……次の機会に気をつければそれでよいのだ。それだけでよいのだ。

「な、なにその凄《すご》く優しい顔は」

「なんでもない」

「そう……？　なんか仏像みたいな感じになっているように見えるんだけど、それはあたしの気のせいだと？」

「そうだな。志乃の気のせいだ。……うん？」

ふいに、三代のスマホが鳴った。新着のメッセージが届いていた。

「メッセージだ」

「誰から？」

「さぁな。今確認してみる」

送信者は父親で、内容は簡潔に『最近調子はどうだ？』であった。

「……父さんだ。珍しいな」

「三代のお父さんかぁ」

「近況報告しろってさ。スルーはできないな。一人暮らしを許して貰ってる身だからな」

「あたしのことも書いてね？」

「それは絶対書くっていうか、それがメインになる。なるべく短く纏《まと》めたいが……」

「三代って長文かなり苦手だもんね。初めてのメッセージで名前だけ送ってきたのあたし今でも覚えてるよ？　ってか履歴残してるけど見る？　ん？」

「い、いやいい」

「いーの？」

「いーの。……それにしても、どう書いたものか」

「……変にアレコレ考えるよりも、感覚でいーんじゃない？　感じたままの素直な言葉が一番しっくりくるし心に響くものだしね。文章でも言葉でもどっちでも。少なくともあたしはそうだった」

「なるほど……」

志乃に言われるがままに、三代はすっすと無心で文章を入力する。すると、思っていた以上によい感じになった。

志乃に好かれて付きあうことになり、その後にすっかりと恋愛に嵌《はま》り込んでしまっている自分の現状を伝えきれるようなその内容を、三代はさくっと送信した。

――うしろの席のぎゃるに好かれてしまった。もう俺はダメかもしれない。

「む……」

送ってから三代は気づいた。『ギャル』を変換し忘れ、ひらがな表記のまま送ってしまっていたことに。

「……どうかした？」

「変換ミスした。ギャルがひらがなのままだ」

「別にいいんじゃない。ひらがなの方が丸くてカワイイし」

志乃にそう言われて「それもそうか」と三代は納得してスマホを仕舞った。

エピローグ

十二月も近づき、本格的に冬に入る時節になってきた。

日々は目まぐるしく過ぎ去っていて、これは、そんな流れの中での気にも留めないちょっとした出来事の一つだ。

マンションで二人でまったりと過ごしている時に、半開きになっていたクローゼットに志乃《しの》が気づいた。

「ねー、このクローゼットちゃんと閉まってないけど、これ閉めちゃっていいのー？　何かしようとしてたとかそういうのだったりするー？」

「え？　あぁそれ閉め忘れただけだな」

「もーちゃんとしなよ。……うん？」

「どうした？」

「綺麗《きれい》に包装されてる何かが……なんだろうこれ……」

志乃が怪訝《けげん》に手に持ったそれに三代《さんだい》はハッとした。その包みは志乃へのクリスマスプレゼントだ。

どうせ渡すんだから別に今でもいいじゃない、というワケにもいかない。こういうのは当日に渡すから意味がある。

三代は慌てて志乃からクリスマスプレゼントを奪うと、そのまま後ろへ隠した。

「これは駄目！」

「ちょっ……」

「駄目なものは駄目だ！」

「……そんな必死に隠すようなものなの？　ラッピング見る限りそんな変なものでもないでしょ？」

「今は駄目だ。今は……」

三代が俯《うつむ》きながら言うと、志乃は人差し指を顎に当てて首を捻《ひね》った。

こういう時の勘は中々に鋭いものがある志乃は、わりと早めに正解に辿《たど》り着いたらしく、ニンマリと嬉《うれ》しそうに笑った。

「『今は』……ね。ふぅん」

「気になるかもしれないが、とにかく忘れてくれ。何を言われても、何をされても、これだけは今は渡さないぞ」

「そうだね」

「へっ……？」

急に物分かりが良くなった志乃に、三代が素っ頓狂な声をあげると、

「中に何が入ってるのか分からないけど、クリスマスまで楽しみにしてる」

なんとも可愛《かわい》いぎゃるな彼女は、ちろりと舌先を出してウインクした。

あとがき

三代《さんだい》くんと志乃《しの》ちゃんの二人が作中で出逢《であ》ったのは偶然で、交際に至るまでにも特別な事情や理由があったりもしませんでした。

接点のなかった二人がちょっとしたことで縁ができて、高校生らしく勢いや雰囲気にあてられて彼氏彼女になって、一つ一つの言葉や小さな行動に心が揺れて、でも真剣で一生懸命な等身大の青春と恋愛――そんな「大人でも子どもでもない時期のあれこれ」を、ライトノベル的な面白さや展開、設定、キャラクターも踏まえつつ、なるべく正面から書こうと思い産まれたのが本作です。

色々と登場人物含め作品全体の雰囲気が独特になったことで、はたして読者の皆さまに受け入れて貰《もら》えるのか……不安はありつつ、発売日前後には書店や専門店をウロウロしながら巡って、お手にとってくださった方にぜひとも直接感謝を伝えたい気持ちでいっぱいではありますが、私はシャイなので、そんな大それたことはできそうにもありません。

というわけで、この場をお借りし厚く御礼《おれい》を。

お手にとって頂いた皆々さま、ありがとうございます。お値段以上の作品だと感じて頂けましたら幸いです。

ところで。

本作はカクヨムコンの受賞からの書籍化作品でもあるのですが、書籍になるにあたり文章や展開に変更や追加があり、ＷＥＢの時からお読み頂いている方にも満足して貰えるように努めました。

書籍化が本格的に動き出してから作業が始まり、なるべく完成度を高くしたいと思う一方で締め切りというものもありまして……。

とはいえ、ユゴーがレ・ミゼラブルを書いた時のように十数年もの歳月をかけて構成、執筆、推敲《すいこう》をできるわけもありません。

許された時間の中で精一杯やらせて頂きました。

続刊については、昨今はライトノベル業界も厳しさが更に増しているようで、出せるのか分からないのですが……ただ、前向きに出せることを想定して、現在二巻を（見切り発車で勝手に）書きはじめていたりもします。

続刊できる場合、次から完全新規の書き下ろしがほとんどを占めることになります。

最後に関係者の皆さまへの謝意を。

素敵なイラストを描いてくださいました緋月《ひづき》ひぐれさま、ありがとうございます。キャラデザやカバーラフ等を見た時に凄《すご》すぎて震えました。

校正、校閲、装丁、印刷所の皆さまもありがとうございます。皆さまがいなければ、本作が形となって世に出ることはありませんでした。

そして、私の担当編集になってくださった竹ちゃん……役職がついたりと色々とやることも増えて忙しくされている中、一緒に作品作りを進めてくださって感謝です。

富士見ファンタジア文庫

うしろの席《せき》のぎゃるに好《す》かれてしまった。
もう俺《おれ》はダメかもしれない。

令和４年６月20日　初版発行
令和６年10月25日　３版発行

著者――陸奥《みちのく》こはる

発行者――山下直久
発　行――株式会社KADOKAWA
〒102-8177
東京都千代田区富士見2-13-3
0570-002-301（ナビダイヤル）
印刷所――株式会社KADOKAWA
製本所――株式会社KADOKAWA

ISBN978-4-04-074619-7 C0193 ◆◇◇

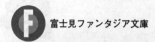

学校
……じろじろ見ないで
【朗報】
俺の許嫁になった地味子、家では可愛いしかない。
秘密の結婚生活《ラブコメ》！

ファンタジア文庫
甘えていいし？
家
著者：氷高悠
イラスト：たん旦
親同士の約束で俺に嫁（3次元）ができた!?
相手は地味で目立たない同級生・綿苗結花。
「最近の推しは誰ですか!?」「遊くん…って呼んでもいい？」
趣味もピッタリ、意気投合。
しかも、慣れたら学校では想像できないほど大胆に！
彼女の素顔と、2人だけの生活は可愛さしかない!?
クラスのあの子と